*L'Ombre s'étendit sur le Jardin*

2016 Micheline Cumant
Edition : BoD – Books on Demand
12/14 rond-point des Champs Elysées, 75008 Paris
Imprimé par Books on Demand GmbH, Norderstedt,
Allemagne
Dépôt légal : Juin 2016
ISBN : 9782322077939

# Micheline Cumant

# L'Ombre s'étendit sur le Jardin

*À la mémoire de
Pascal Besnier
Qui imagina le sujet de ce livre.*

# I.

Il y avait encore de la lumière quand j'atteignis la maison. Dans le salon, mon père fumait en écoutant la radio. Du Mozart, ou du Haydn. Il devait m'attendre. Quand j'entrai, il m'examina.

— Alors, tu es encore partie ? »

Il avait dit ça comme si j'étais sa femme plutôt que sa fille. Il écrasa un mégot dans le cendrier qui débordait.

— J'avais besoin d'être seule, expliquai-je.

— Toute la journée ? Je sais que tu n'es pas allée au lycée. Et il est tard, ce soir. »

Il regarda la chaîne hi-fi, dont le métal et le plastique luisant reflétaient les ampoules.

— Tu t'es amusée, au moins ? »

Son ton était las, pas même cinglant. Il me regardait.

— Je voulais réfléchir, dis-je.

— Et ta sœur, et moi, dans tout ça ? » Fit-il en allumant une énième cigarette. La radio diffusait maintenant un allegro charmant, précieux. Je commençais à me sentir mal à l'aise. D'une certaine façon, j'aurais préféré être accueillie par une bonne paire de gifles. C'eût été logique. Plus que ces yeux tristes.

— Tu ne penses donc qu'à toi ? »

Je ne répondis rien. Je sentais que j'allais m'ennuyer, à écouter un sermon qui n'en finirait pas. Une gifle, ou une grosse engueulade, cela aurait passé très vite et ce serait fini maintenant.

— Je devrais te punir », dit-il du ton de ceux qui savent qu'ils ne feront pas ce qu'ils disent. À l'étage, j'entendis marcher. Élisabeth, ma sœur aînée. Il y eut un bruit de chasse d'eau.

— Bon, excuse-moi, fis-je, incapable de pouvoir dire autre chose.

— C'est tout ? »

Il se leva, demeura immobile près du fauteuil. Je sentis qu'il commençait à en avoir assez de cette conversation qui ne rimait pas à grand-chose. Il ne m'avait même pas demandé pourquoi j'avais fui. Il arrêta la radio, vint vers moi.

— Sais-tu que tu peux aussi te confier à moi, de temps à autre ?

— Je sais … Mais je préférais garder mes emmerdements par-devers moi.

— Regarde-moi », dit-il.

J'obéis. Ses yeux pâles étaient presque transparents. Je l'entendais respirer lentement, comme s'il cherchait à se contrôler. Mais ce ne devait pas être ça. Plutôt l'inspiration puis l'expiration d'une douleur qu'il absorbait mécaniquement, métronomiquement, plutôt, comme si elle revenait goulée d'air par goulée d'air, à un rythme constant. J'aurais voulu avoir un geste d'affection, n'importe lequel, un sourire, une caresse. J'avais l'impression que le corps de mon père s'usait à force de se heurter à mon refus d'extérioriser les sentiments que j'éprouvais envers lui. Il se rapprocha de moi, à me toucher. L'odeur du tabac l'imprégnait.

— Je te souhaite de pouvoir toujours régler tes problèmes en fuguant. »

Je fus décontenancée par son ton doux et mélancolique. Comme s'il sortait d'un songe.

— Moi aussi, murmurai-je.

— Maintenant, Sonia, va te coucher. »

Je ne cherchai pas à demander mon reste. Chaque marche de l'escalier me parut résonner dans toute la maison, bien que je m'appliquasse à rendre légers mes pas. Je n'avais pas envie de tomber sur ma sœur.

Je n'allumai pas la lumière en entrant dans ma chambre. Un peu de lune filtrait de dessous les volets. Je m'assis sur mon lit. Je repassais dans ma tête la scène que je venais de vivre. J'étais un peu inquiète de l'apathie de mon père. Il faisait frais, et j'avais l'impression d'attendre quelque chose. La maison était devenue totalement silencieuse. Je l'aimais ainsi, comme si elle était plus vaste et plus ancienne la nuit que le jour.

Mon père l'avait achetée après la mort de Maman, quand il avait décidé de déménager et de s'installer à la campagne. C'était un ancien presbytère Restauration, bâti en pierres de taille, avec une petite tourelle plus ancienne et un beau jardin cerné de murs. Une petite rivière passait non loin et allait se jeter dans la Loire toute proche. Les cloches de l'église du hameau rythmaient encore les existences. Et j'avais découvert que j'aimais les oiseaux, dont les chants, les cris et les bruissements accompagnaient nos journées, ils allaient et venaient des maisons aux champs proches comme pour nous dire de sortir, ou au contraire de rester à l'abri pour éviter la pluie. J'avais appris à distinguer les corbeaux, les merles, les rouges-gorges, les busards, les fauvettes et la nuit les hiboux. En ville, tous les oiseaux sont des moineaux ou des pigeons, plus quelques corbeaux. La gent ailée me tenait compagnie quand je partais dans la campagne. En fait, je n'aimais pas beaucoup les gens... Les oiseaux, eux, ne vous contredisent pas.

Mes parents s'étaient rencontrés juste après leurs études universitaires. Elle, traductrice d'anglais, lui, avocat, devenu depuis responsable du service juridique d'une compagnie d'assurances. Pourtant, des deux, il était le plus artiste. Quand nous étions nées, ils n'étaient plus tous jeunes. Ils avaient dû un peu bourlinguer avant de nous avoir, il y avait des photos d'eux en Inde, au Népal, en Afrique, en France sur des sites de fouilles archéologiques. Ensembles ou séparément, avec d'autres personnes que nous ne connaissions pas, ma sœur et moi. Il y avait surtout une photo discrète, dans un coin, entre une vue d'un paysage népalais et une grande carte postale représentant Manhattan, une petite photo qui devait avoir été prise en France, dans le Sud, sur laquelle on voyait ma mère habillée d'une de ces robes indiennes que portaient les hippies dans les années 1970, elle avait de multiples tresses et des fleurs dans ses cheveux longs. Mon père arborait une barbe et des cheveux longs, on ne le reconnaissait pas. Apparemment, ils avaient pas mal vécu. Ils n'en parlaient jamais, peut-être par pudeur. Ou parce qu'ils estimaient que cela ne nous regardait pas …

Ma mère avait été mince et jolie. Je ne l'aimais guère, son charme dont les gens parlaient n'agissait pas sur ses enfants. Elle devait surtout être maladroite, et je devais le ressentir. Sans doute avait-elle « finalement » fait des enfants pour faire comme tout le monde, à la limite – si elle avait été de ces « baba-cools » - pour être en communion avec la nature. Oui, bon, pour faire fonctionner ses ovaires. Mais bon, elle avait accouché dans une clinique correcte, pas sous la tente ou dans la nature pour faire comme les indiennes, elle n'était pas inconsciente. Après, tant qu'il s'était agi de jouer à la poupée, cela n'avait pas dû la gêner. Mais elle ne savait pas ni diriger, ni dresser, ni éduquer, ni faire obéir – ce n'était sans doute pas dans ses idées – elle ne parvenait pas à simplement être à l'écoute d'un être humain. Le courant ne passait pas. Ma sœur et moi, nous n'étions pas des révoltées, ni même des chahuteuses, mais simplement nous ne tenions pas compte d'elle, de ses avis, nous nous arrangions toutes les deux. En fait, notre seule marque de respect était de « ne pas déranger ». À son enterrement, il avait fallu que je me force pour prendre l'air constipé de circonstance. Mon père était différent. Plus sûr, plus fiable, je crois. Même si je ne faisais que commencer à le connaître. En fait, je n'apprenais à le connaître que depuis la mort de sa femme. Avant, il était seulement présent, mais n'avait jamais une opinion à donner. Il nous laissait nous arranger, ne donnant un conseil que de loin en loin.

Cet événement l'avait rendu un rien désabusé. Peut-être aussi y avait-il d'autres raisons. J'imaginais qu'il devait craindre pour son avenir, son travail, ses deux filles. Il devait aussi parfois se sentir seul avec nous. Seul pour tout assumer. Peut-être encore se disait-il qu'il ne menait pas la vie d'un homme de son âge.

En songeant à tout cela, j'avais fini par me déshabiller et me coucher. Dans le lit, j'allongeai mes bras le long de mon corps. Les draps étaient rassurants. Tous comme les peluches que je mettais sur le couvre-lit. Il y avait trois mois, pour mes quinze ans, je m'étais obligée à les faire émigrer du traversin au pied du lit. Une façon anodine de tourner le dos à l'enfance. Je m'endormis très vite, en serrant les poings.

# II.

À partir de cette soirée du début du printemps, les choses se mirent à changer autour de moi. Pas d'un seul coup, mais par petites touches, pour autant que je pouvais m'en rendre compte. Ce fut à l'image de ces inondations, de ces éboulements, qui obligent parfois les gendarmes à barrer certaines routes : lent et sournois, la nuit de préférence. Comme si l'ombre était favorable à la montée des eaux, aux glissements de terrain, aux éruptions volcaniques, aux séismes, aux changements de la vie.

Mon père changea peu à peu ses habitudes. On le vit moins. Il rentrait plus tard, était parfois obligé de s'absenter une journée, voire deux, une tante venait s'occuper de nous. Il avait beaucoup de travail, oui, mais je crois aussi que celui-ci lui tenait d'un coup plus à cœur, comme s'il voulait oublier quelque chose. Quand on a quinze ans, on trouve trop compliqué d'aller chercher ce qui se cache dans le cœur de ses parents, et puis on s'en moque, on a déjà trop de mal à se trouver soi-même. Je n'essayais pas de comprendre mon père. Je me préservais, d'une certaine manière, il y avait des barrières que je n'avais pas envie de franchir trop tôt. Le monde adulte, je n'avais pas encore envie de le jauger. Même si je savais que j'allais promptement y vivre. Ma sœur, pas exemple, qui y était installée, paraissait mal le supporter. Depuis quelque temps, je la trouvais nerveuse, irritable, ou alors aux prises avec un grand trouble qui la mettait au bord des larmes, à tel point qu'elle courait parfois se cacher dans sa chambre. La pression des études lors d'une première année de médecine n'expliquait pas tout. J'avais la curieuse impression qu'elle s'était engagée dans un tournant sans fin, un virage qui se refermerait sur lui-même. Elle se modifiait. Quelquefois, elle avait de curieuses réactions.

Le lendemain de ma « fugue », je me rendis en classe comme si rien ne s'était passé. J'avais entendu mon père partir de très bon matin, et j'étais descendue prendre mon petit déjeuner en tête à tête avec Élisabeth.

— Ne recommence pas tes conneries d'hier de sitôt », m'avait-elle dit en guise de préambule. Mais, plus tard, avant que je ne parte prendre le car, elle m'avait retenue sur le perron, en me disant de ne jamais trop m'en faire. Elle me souriait, en disant cela. Elle ajouta qu'on pouvait toujours faire face. Sur le moment, je ne compris pas, j'étais pressée d'aller à la station de bus au centre du village.

Une dizaine de jours plus tard, un autre matin, alors que je cherchais mes livres de classe dans le fouillis de mon armoire, elle vint me trouver. C'était inhabituel qu'elle n'attendît pas, pour me parler sérieusement, le moment du petit déjeuner.

— Si je viens te chercher ce soir au lycée, ça t'ira ?

— Tu parles ! »

Elle s'était approchée de la fenêtre et regardait la pluie.

— Mais pourquoi ? Demandai-je.

— Oh, parce que j'ai envie de te parler seule à seule.

— Ah. »

Elle haussa frileusement les épaules. L'humidité était presque palpable.

— Puis, avec cette flotte, tu seras plus vite rentrée.

— Et tes cours ?

— Ils se terminent à quatre heures aujourd'hui. Décidément, je n'aime pas la pluie, fit-elle en se détournant de la fenêtre. On dirait qu'elle pourrait nous engloutir, tu ne trouves pas ? La grande crue finale.

— Tu as dû voir l'Arche de Noé en rêve ».

Sous sa robe de chambre, elle était nue. Je voyais nettement sa peau encore plus pâle que la mienne.

— Et si tu te couvrais, suggérai-je. Sinon, tu vas te taper un rhume de fesses »

Elle ne répondait pas et tourna les talons.

En fin d'après-midi, elle m'emmena dans un bar. Le serveur la connaissait et il y avait une télévision muette dans l'angle d'un mur. J'eus un peu honte de mon sac d'écolière que je planquai sous ma chaise..

— Tu viens souvent ici ?

— Parfois. Avec des copains. »

Jolie comme elle l'était, je savais qu'elle flirtait. Et plus, normal, à son âge, cela ne me gênait pas. Même si elle me serinait que j'étais « en retard pour mon âge ». Mais, cette fois, cela me fit mal de savoir qu'elle m'avait emmenée au même endroit où elle devait s'amuser « avec des copains ».

Elle commanda une bière, moi un thé.

— Ce que tu peux être bourgeoise ! Fit-elle, une lueur au fond de ses yeux bleus.

— Tu m'invites pour me dire ça ?

— Tu sais, je vais sûrement entrer en seconde année. Le concours a bien marché. »

J'eux une bouffée de chaleur. J'étais heureuse. Il me semblait que sa réussite estudiantine rejaillirait plus tard sur moi. Quelqu'un se leva en faisant grincer une chaise. Élisabeth était subitement devenue loquace, elle évoquait l'avenir, me décrivait le cursus des études de médecine avec tous ces sigles inconnus des non-initiés, propos qui venant de quelqu'un d'autre m'auraient fait bâiller. Mais c'était Élisabeth, ces instants étaient les siens, n'étaient pas comme les autres. Elle disait tout ce qui lui passait par la tête, sautant du coq à l'âne, des sciences médicales au club d'équitation qu'elle fréquentait, de la politique au temps qu'il faisait. Cependant, je doutais qu'elle m'eût invitée uniquement pour me faire part de sa réussite. Je me demandais si elle n'était pas en train de vouloir oublier les réalités du moment.

Elle commanda une autre bière.

— Tu aimes ça ?

Elle tourna et retourna son verre. La mousse monta, se referma sur elle-même. La télévision était à présent allumée, il y avait un vague chanteur avec une guitare noire.

— Parfois.

— C'est vraiment bon ? L'alcool, je veux dire. »

Ma question parut la ramener sur terre.

— Des fois. Mais la bière, ce n'est pas vraiment de l'alcool. »

Elle avait dit ça curieusement, avec une intonation mélancolique qui ne convenait pas à la banalité des propos. Je l'observai. Sa belle humeur s'était envolée. Son visage régulier s'ombrait sans raison apparente. J'eus un vague soupçon, informulé, informulable.

Quand vous vivez avec les gens, bien souvent vous passez à côté d'eux. C'était exactement ce que je ressentais en ce moment précis. Après tout, Élisabeth pouvait aussi souffrir. Comme chez moi, il devait y avoir en elle des choses noires, misérables, que nous taisions par peur de les voir affleurer à la surface. Pour les oublier, je partais vagabonder sans but. Et elle ? Nous nous faisions, finalement, bien peu de confidences. Autrefois, je lui en avais fait, quand j'étais « la petite sœur ». Elle, elle ne m'avait jamais rien confié, ou très peu. Je pressentais que cela allait peut-être changer. Je n'étais plus une petite fille, même si je ne m'intéressais pas vraiment aux garçons. Le sexe n'explique pas tout.

— Et toi, plus tard ? Tu as des idées ? » Me demanda-t-elle.

Je voulais faire des études, mais je n'avais aucune idée desquelles. Je le lui dis.

— Tu as le temps, c'est vrai, tu n'es qu'en seconde.

— Tu crois que Papa aimerait que je fasse quelque chose de particulier ?

— Je ne crois pas. Sauf que, si j'arrive à être toubib, il préfèrera peut-être que son autre fille soit une littéraire, comme lui. Mais ce n'est pas sûr. Je crois qu'il s'en fout, pour l'heure.

— De toute façon, il y a une part de hasard dans ces histoires d'études …

— De chance. Surtout de chance. Ça n'est pas trop facile de démarrer dans la vie. Alors, sans la chance on a vite fait de se casser la gueule. »

Elle me regardait d'un air étrange. Des types entrèrent. Jeans, blousons de cuir coûteux, lunettes sombres.

— Babeth ! Qu'est-ce que tu fiches ici ? »

L'un d'eux s'approcha. Moins jeune de près que de loin. Je grimaçai involontairement : j'étais choquée de l'emploi de ce diminutif. Petite fille, je l'appelais ainsi. Papa aussi. Nous deux seuls en avions le droit.

— C'est ta frangine ?

— Je suis *la frangine* », répondis-je aigrement.

Je pouvais sentir son odeur. Un mélange de cuir et d'eau de toilette.

— Fais gaffe, Babeth. Elle sera plus jolie que toi. »

Il s'était reculé d'un pas. Il m'inspectait. Puis il demanda à s'asseoir. Ma sœur se poussa.

J'eus l'impression de cesser d'exister.

Ils se mirent à parler. J'écoutais. Ce qu'ils disaient était sans intérêt. Des histoires de sorties, et d'autres choses. En fait, ma sœur parlait peu, mais, songeais-je, elle semblait contente de cette intrusion. Comme l'aimant attire le métal, elle réagissait à la présence de ce gars. Personnellement, je pensais qu'elle aurait pu trouver mieux.

Il racontait maintenant des anecdotes concernant un copain qu'ils devaient avoir en commun.

— Je ne suis pas sûr qu'il réussisse. Chez lui, le fric n'appelle pas le fric. Tout ce qu'il peut espérer, c'est vivoter au jour le jour. Il y a des gens faits pour ça, comme les fonctionnaires. Ce qu'il aurait dû devenir. Mais patron d'un garage, non, je ne le vois pas. »

Il avait dit cela en se fendant d'un sourire que ma sœur lui renvoya. Un sourire d'acquiescement, de complicité.

— Toi, Julien, tu ne ferais pas une pareille connerie.

— Sûr ! Pour se lancer, il faut avoir de bons muscles, comme les miens. Je ne suis pas plus malin qu'un autre, mais, enfin, je me débrouille, et je ne me laisse pas vivre. »

Il était reparti dans sa diatribe, mais je sortis ostensiblement un livre de géométrie. Élisabeth comprit.

— Je vais aux toilettes. Ensuite, je dois ramener Sonia. »

Elle se leva, s'éloigna.

— C'est joli, Sonia, dit-il en approchant de moi sa grosse main velue, baguée. J'essayai d'imaginer ces doigts sur ma peau. Je dus paraître mal à l'aise car il saisit au hasard le cendrier.

— Tu es en quelle classe ?

— Seconde.

— Eh ! Ça devient sérieux.

— Oui.

— Tu dois beaucoup aimer ta sœur ?

— Oui, » répondis-je de nouveau, surprise. Il avait parlé d'une voix douce. Accoudés au bar, ses amis nous reluquaient. Je levai les yeux. Ce Julien, maintenant, avait une expression différente, humble et, curieusement, compatissante. Je crois qu'il n'aurait pas aimé que ma sœur le voie ainsi.

— Tu as bien raison. Elle en vaut la peine.

— Et vous ? Vous l'aimez ?

Le retour d'Elisabeth le dispensa de répondre.

— Vous complotiez, tous les deux ?

— On bavardait, fit Julien en se levant. Bon, pardon, mais mes amis m'attendent ».

Cela me fit drôle de le voir aux côtés de ma sœur. Il était grand, un peu lourd. Puissant, également. Il l'embrassa, puis se dirigea vers le comptoir.

— Il est brave et gentil, me dit Élisabeth alors que nous traversions le parking pour rejoindre sa voiture. Il bruinait, et mon sac pesait à mon épaule.

— Sûrement. Tu le connais depuis longtemps ?

— Si on veut … » Fit-elle en ouvrant la portière. Je m'installai, jetai un coup d'œil par la vitre. Du bar, Julien nous observait. Je détournai la tête. Le moteur fut mis en route.

# III.

À cinq cents mètres de la maison, Élisabeth se gara le long de la petite route, coupa le moteur, se tourna vers moi.

— Tu m'en veux ? »

Une voiture nous doubla. La pluie s'amoncelait sur le pare-brise, comme un brouillard d'eau. Je gardai le silence. J'avais l'impression de me retrouver face à ma mère quand elle m'interrogeait après une bêtise avant de demander à mon père de me punir.

— On devait parler, toutes les deux … Dit-elle en croisant les bras sur ses seins menus. Geste familier que j'avais aussi.

— Ton ami ne s'était pas fait annoncer, fis-je en parvenant à sourire.

— Tu regrettes d'être venue avec moi ?

— Oh, non. » C'était vrai : j'aimais être avec ma sœur. Nous nous étions toujours très bien entendues, même s'il y avait des moments où je me disais que nous devions plus nous disputer, pour connaître les joies des embrassades de la réconciliation.

— Tu sais, il ne faut pas juger les gens.

— Pourquoi est-ce que je le ferais ? Tu as bu deux bières, et vu un ami. Et après ? Quel crime as-tu commis ?

— Que penses-tu de moi, Sonia ? »

Elle semblait quêter une approbation. Jamais je ne l'avais vue comme cela. Je ne pouvais pas répondre directement.

— C'est important, que tu le saches ? »

J'entendais sa respiration et le bruit des gouttes sur la carrosserie.

— Tu vois, je ne sais plus très bien où j'en suis, me dit-elle, les yeux fixés sur la vitre brouillée. Ou j'ai peur de quelque chose. Quelque chose que je ne puis identifier. Quelque chose qui est peut-être en moi et que je cherche à fuir.

— Parfois, cela m'arrive aussi … » Je baissai les yeux en disant cela. Une idée m'effleura :

— Ce ne serait pas un peu à cause de Papa, tout ça ?

— Peut-être. Mais je ne crois pas. Ce serait trop simple. Comment te dire ? J'ai l'impression de souffrir sans être malade. »

Je connaissais cela, ces heures qui devenaient trop lourdes, au lycée, plus souvent à la maison lorsque l'air vibrait comme s'il allait pleurer.

— Cette fois, je crois que c'est moi qui ai besoin de toi, » reprit-elle.

— Je te dois bien cela. »

Je cherchai à accrocher son regard. Pour que mes yeux disent ce que je ne pouvais exprimer avec des mots. Je sentais qu'elle était en train de devenir quelqu'un d'autre, et que ce quelqu'un, il me faudrait lui donner un coup d'épaule. En fait, tout changeait autour de moi. Et, bien sûr, je n'y pouvais rien. Et je n'avais pas de petite sœur à appeler.

Elle remit le moteur en route, engagea la première. Je n'en saurais pas plus ce soir. D'ailleurs, je n'étais pas sûre d'en avoir envie.

La maison était vide. Je montai dans ma chambre. J'avais des devoirs à faire. Je ne détestais pas travailler toute seule : mes idées s'enchaînaient mieux qu'en classe.

Mon père revint alors que je finissais. J'espérais qu'il serait gai. De fait, il avait assez bonne mine.

Élisabeth avait préparé le dîner. Nous mangeâmes en parlant de tout et de rien. C'était presque miraculeux, après les heures passées, de nous retrouver tous les trois.

— Alors, et ton tennis, Sonia ? Se renseigna mon père. Tu t'apprêtes à marcher sur les traces de Mary Pierce ?

— Pas franchement, avouai-je. Je ne me débrouillais pas trop mal, mais il y avait des filles qui m'étaient supérieures. J'avais un bon coup droit, un retour correct, mais je manquais de mobilité sur le court. Mes chevilles devenaient vite douloureuses. Je le dis, en ajoutant que je n'étais pas vraiment faite pour ce sport, vu mon petit gabarit.

— Le talon d'Achille ! Fit ma sœur.

— C'est drôle.

— Tu sais, continua mon père, je ne te forcerai jamais à pratiquer un sport plutôt qu'un autre. Si tu en as marre du tennis …

— Non, j'aime bien, j'aimerais continuer, mais je ne serai jamais une championne. Pas grave. »

Il me regarda un instant. Puis son regard se perdit dans le visage d'Elisabeth. Dehors, il avait cessé de pleuvoir. J'avais vaguement envie d'aller après le dîner me promener un peu au lieu de regarder la télévision ou de jouer sur l'ordinateur.

— Moi, j'aimais bien le tennis, reprit-il. Ta maman, elle avait horreur de ça. Je me suis toujours demandé pourquoi. Peut-être que ça l'ennuyait. Ou alors elle trouvait ridicule deux types en short blanc qui jouent à la baballe …

— C'est elle qui t'a empêché de continuer ?

— Pfiouh … »

De toute façon, je savais qu'il ne m'aurait pas répondu intelligiblement. Il ne voulait rien dire contre elle. Nous devions vivre en compagnie du fantôme d'une fausse sainte.

Élisabeth se mit à parler chevaux. Elle montait bien, faisait des concours, avait économisé pour se payer des stages, des cours. Elle était une cavalière élégante, avec ses longues jambes qui encadraient bien sa monture.

Mon père me demanda de desservir. Il emmena ma sœur dans le salon. Quand j'eus mis en route le lave-vaisselle, je voulus les rejoindre. Ils parlaient à voix basse, et ce devait être sérieux. J'hésitai à ouvrir la porte, j'approchai ma main de la clenche. Ils ne m'avaient pas interdit de venir avec eux. Toutefois, je ressentais un vague malaise. J'entendais l'eau dans les canalisations, mais pas le ronronnement de la machine. Il faisait nuit. Je sortis. L'air frais remonta sous ma jupe. J'aimais ça, cet air qui caresse la peau nue. Je pensais au tennis, en me disant qu'il faudrait que je batte mercredi prochain cette grosse andouille de Charlotte Léger. Mais il ne fallait pas que j'y pense *avant*. Je me mis à marcher dans le jardin. Je le connaissais par cœur. L'obscurité ne me dérangeait pas. Près de la rivière, je me souvins que l'année dernière, à la même époque, il faisait si chaud que nous nous y étions baignés. L'eau capturait la noirceur de la nuit, la blancheur mélancolique de la lune presque pleine voilée par les nuages. Un hibou passa en ululant, on aurait dit qu'il battait le rappel des humains qui étaient encore dehors, le dérangeant dans sa chasse nocturne. Je restai longtemps immobile à regarder le cours d'eau. Quand j'eus froid, je rentrai, et, cette fois, allai directement dans le salon. La télévision diffusait un vieux film en noir et blanc. Ni mon père, ni Élisabeth ne le regardaient vraiment ; ils bavardaient.

— Viens un peu par ici, dit Papa. J'approchai.

— Voilà : je vais être obligé de m'absenter trois ou quatre jours. Nantes, Bordeaux et Montpellier pour finir. Tu sais, mon voyage dans nos agences. J'espère que tu seras sage. Vous vous débrouillerez bien sans moi.

— Tante Isa ne vient pas ?

— Eh, ce voyage, il vient d'être décidé, des affaires compliquées, il faut que je sois sur place pour les examiner. J'ai appelé ta tante, mais comme je prévoyais, à la dernière minute, comme ça, elle ne peut pas venir. Mais vous n'avez plus besoin d'elle, vous n'êtes plus des gamines. Je vous laisserai de l'argent. »

Sur l'écran, on voyait le public d'une salle de théâtre s'esclaffer. Cela me fit drôle, sans savoir pourquoi. Peut-être avais-je le sentiment qu'en ce moment précis, mon père jouait à l'acteur.

— Je compte sur toi, Sonia, pour aider ta sœur. Pas d'escapades, sinon … »

Il m'attira à lui. Je m'assis sur l'accoudoir du fauteuil. Je ne détestais pas qu'il me contraigne.

— Je serai O.K., » affirmai-je.

Cela parut lui suffire, même s'il y avait un peu d'anxiété dans ses yeux. J'aurais voulu l'entourer de mes bras, mais nous étions tous incapables de ces gestes d'affection, même quand ma sœur et moi étions toutes petites. Je posai ma main sur son bras, nous restâmes silencieux. Je savais que ma sœur me regardait, le regardait. Le début d'une chanson stupide trottait dans mon crâne : c'était, je crois, « *Prendre un autre chemin* » ... La suite m'échappait. Du reste, qu'est-ce que cette fichue chanson venait faire dans ma tête ?

Élisabeth se leva.

— Je crois que tu m'as tout expliqué.

— Tu as déjà sommeil ? Lui demanda mon père en se tournant.

— Je suis un peu fatiguée, en ce moment. Je travaille dur, tu sais !

— Et toi, Sonia ? Tu vas aussi me laisser terminer la soirée seul ? »

Je regardai ma montre. Je n'aimais pas me coucher tard. Toutefois, je restai quelques instants encore avec lui à regarder le film.

# IV.

Il m'avait dit qu'il partirait très tôt. Je fus éveillée avant six heures par la voiture. Je cherchai à me rendormir une heure, mais ma nuit était finie. Dehors, miracle, la pluie n'était pas revenue. J'allumai la radio pour entendre le bulletin météorologique. On annonçait une nouvelle tempête. Je songeai à mon père, sur les routes bientôt de nouveau détrempées. Même sur l'autoroute, quand il pleuvait dru, on ne voyait pas grand-chose et conduire doucement en restant particulièrement concentré était stressant.

Je finis par me lever, déçue à l'avance de cette journée. Le car, le lycée, le car. La maison vide au retour. D'ailleurs, sauf hier soir, même quand nous y étions, elle me paraissait inoccupée. Je devrais avoir plus d'amies, me disait mon père. Il avait sans doute raison, mais je ne me liais pas facilement. La seule personne dont j'aimais vraiment la compagnie, aussi invraisemblable que cela parût, était une gamine d'une douzaine d'années. Fille de divorcés, elle vivait seule avec sa mère. Cela avait dû nous rapprocher. Sa maison était à cinq cents mètres de la nôtre. Elle était sensible, pas idiote pour son âge. Et blonde comme il n'est pas permis, mais il ne fallait pas lui raconter les habituelles histoires idiotes sur les blondes !

Lorsque le bus, en fin d'après-midi, me déposa à l'entrée du village, je décidai d'aller la voir. J'avais besoin de quelqu'un plus que de faire mes devoirs. Je posai mon sac à la maison et allais ressortir, quand une voiture s'arrêta devant le portail. Une belle voiture. Un type en descendit, tourna autour de sa bagnole en regardant la maison comme si elle l'intimidait, ou comme s'il la jaugeait. Je ne le reconnus pas tout de suite. C'était le type vu la veille avec ma sœur, ce … Julien, oui. Cela me fit un coup de le voir là. Finalement il poussa la grille, entra dans la cour. Je songeai à faire comme s'il n'y avait personne. Je verrouillai la porte d'entrée, les autres l'étaient toujours. Puis je pensai qu'il valait mieux que je sache ce qu'il voulait à Élisabeth. Il sonna à la lourde cloche de bronze. Je ne répondis pas tout de suite, j'avais le cœur qui battait. Il sonna encore.

— Personne ?

Un silence. Puis :

— Eh ! Je sais qu'il y a quelqu'un ».

Sans doute m'avait-il vue descendre du car. Il devait espionner, attendre. J'approchai du battant avant qu'il ne se mît à faire le tour de la maison. Je toussai.

— Qu'est-ce que c'est ? Mais je me rendais compte qu'il devait savoir que je l'avais vu et reconnu.

— Julien, un ami d'Élisabeth. Et toi, derrière, c'est Sonia ?

Il l'affirmait plus qu'il ne posait la question. Je dis oui.

— Tu peux m'ouvrir ?

— Non. Mon père l'interdit. Qu'est-ce que vous lui voulez, à ma sœur ?

— Écoute, je ne vais pas rester dehors, il pleut. »

Ça, me m'en fichais royalement.

— Je n'ouvre pas, criai-je. Élisabeth n'est pas là, et je ne sais pas quand elle reviendra. »

Il ne répondit pas tout de suite. J'entendais ses pieds qui raclaient le perron. Je m'éloignai de la porte.

— Sonia !

— Merde.

— Il *faut* que je voie ta sœur.

— Je ne sais pas où elle est, je l'ai déjà dit.

C'était irréel, même stupide, cette conversation de par en par de cette porte de bois. Et ce mec, ce n'était quand même pas Frankenstein …

— Écoute, je ne lui veux pas de mal. Au contraire, je veux l'aider.

— Laissez-moi. Laissez-nous. »

J'avais mis toute la persuasion dont j'étais capable dans ces mots. Il dut le comprendre car je l'entendis s'éloigner. J'allai à une fenêtre. Il partait, refermait sur lui la grille. Il y avait une nuée d'étourneaux sur le mur. Ils ne s'envolèrent pas, ils devaient l'observer. Qu'est-ce qu'il avait bien voulu dire en prétendant vouloir aider ma sœur ? Elle n'avait sûrement pas besoin de lui. Je l'entendis démarrer. Il n'y eut plus que les oiseaux qui piaillaient. Je les écoutai un instant : depuis que nous vivions à la campagne, il me semblait que je comprenais leur langage : tout va bien, ou attention, danger, ou réfléchissons … Là, c'était quelque chose d'interrogatif, que faisons-nous ? Je me décidai et allai chercher un imperméable pour aller chez Vanessa.

En marchant vers sa maison, je me retournai à plusieurs reprises. Rien ne vint justifier mes alarmes, mais je me sentais très seule et fatiguée. Je cherchais à savoir pourquoi il était venu jusque chez nous, et, comme je ne pouvais apporter aucune réponse valable à ce problème, mes pensées partaient dans toutes les directions. Quel genre d'homme était-ce ? Où habitait-il ? Que faisait-il ? J'aurais aimé savoir si Élisabeth le fréquentait depuis longtemps, son « Si on veut » de l'autre jour ne m'expliquait rien. Si oui, pourquoi ? Non que cela eût pu changer le cours des choses, mais il me semblait qu'avoir des réponses m'aiderait à comprendre le mécanisme de ces rouages qui semblaient d'être enclenchés ainsi qu'une vis sans fin. Était-il marié ? Couchait-il avec ma sœur ?

J'étais arrivée devant la porte du pavillon moderne qu'habitait mon amie. Un endroit féminin, coquet, où il y avait plus de fleurs que chez moi. Madame Méral vint m'ouvrir.

— Ah, c'est toi ! Vanessa va être contente, il y a longtemps que tu n'es pas venue. »

J'allai directement à sa chambre. Elle m'accueillit avec la même phrase que sa mère. Son visage n'était que reproche, mais ses yeux accrochaient la lumière, ils étaient toujours ainsi. Elle était assise sur son lit. Il faisait chaud, le chauffage fonctionnait. À mon entrée, elle avait jeté l'illustré qu'elle parcourait, elle m'avait regardée.

J'avais tout de suite eu envie de tout lui raconter, mais cela ne concernait pas que moi, je me faisais peut-être des idées, et celles-ci étaient en désordre.

— Tu as un drôle d'air, fit-elle. Elle devinait pas mal de choses.

— Ah, vraiment ? »

Je me sentais sur la réserve. C'était la première fois que j'étais ainsi avec elle. Je commençai à penser que j'aurais mieux fait de ne pas venir.

J'allais lui faire de la peine, et me décevoir moi-même. J'étais habituée, mais elle ? Depuis la séparation de ses parents, elle devait savoir souffrir. Mais en rajouter …

— J'avais beaucoup de choses à faire ces derniers temps », mentis-je pour dire quelque chose, n'importe quoi. Paroles que je regrettai immédiatement, excuses bateau que l'on sort quand on ne trouve rien à dire. Et Vanessa n'était pas dupe.

— Écoute, Sonia, si … »

Sachant son regard plus éloquent que les mots, elle me regarda. Le bleu profond de ses yeux était presque insoutenable. Un instant, tout parut redevenir possible. Cependant, je pressentais qu'à cet instant où je prenais conscience qu'elle était mon meilleur appui, mon amie, un fossé allait nous séparer. Je le devinais en train de se creuser, comme deux lèvres qui s'écartent pour refluer de l'air.

— Tu sais, fit-elle, il y a un drôle de type qui est venu rôder dans le village.

J'essayai de nouveau de prendre l'air détaché.

— Ah … aujourd'hui ?

— Oui, et hier aussi. Il semblait intéressé par ta maison.

— Vers quelle heure ?

— Quand vous étiez dehors.

— J'en parlerai à Papa. Je n'aime pas trop cela. »

Là, je disais vrai. Ainsi, ce n'était pas la première fois qu'il venait. Je vis sur le visage de Vanessa qu'elle devait soupçonner quelque chose et se poser des questions. Je vins m'asseoir à côté d'elle. Cela la détendit. Elle se mit à jacasser, à parler de ces riens qui composent la vie d'une petite fille, pleine de gentillesse, de tact. Je tiraillais ses cheveux, déroulant une boucle, puis l'autre, ce qui la faisait rire. Le temps passait. À un moment, sa mère entrebâilla la porte.

— Tu restes dîner avec nous, Sonia ?

J'aurais voulu dire oui. Mais je devais être là quand ma sœur rentrerait.

— C'est dommage », dit Vanessa. Je la consolai d'une pichenette, disant que ce serait pour plus tard, que je reviendrai bientôt. Je m'en allai, gênée, sans un regard.

J'avais peur de le voir devant la maison. Il n'y avait rien d'anormal à l'extérieur. Il ne pleuvait plus. Les étourneaux étaient partis, pour laisser place à des pigeons à l'air abruti, qui sursautèrent quand j'ouvris la grille, pour finalement revenir se percher sur le muret. Mais la maison était vide. Je grimaçai, ôtai mon imperméable trop grand, puis allai à la cuisine.

Sur l'évier, il y avait un cendrier plein de mégots, une assiette graisseuse, un litre de bière aux trois-quarts vide, un verre sale. Élisabeth était venue puis repartie. Sans même me laisser un mot.

Je devais avoir l'air effondrée. Je lavai le verre, l'assiette, commençai à me préparer à dîner. Je dus me forcer à manger. Je crus rendre les premières bouchées. Même la radio ne me tenait pas compagnie. Je débarrassai en un tour de main. Si je l'avais osé, je serais retournée chez Vanessa, mais j'avais refusé, j'étais gênée … tout cela était trop bête.

Je fus incapable de me concentrer sur mes devoirs. Tant pis, pour une fois, ils seraient bâclés. J'allumai l'ordinateur et recopiai l'article de *Wikipedia* sur le sujet du cours d'histoire. Bon, en changeant quelques mots, quand même, même si je n'étais pas dupe, la prof s'en apercevrait. Je m'en fichais royalement. J'attendais un signe. Je n'osais regarder ma montre, de peur d'apprendre qu'il était très tard.

Lorsque le téléphone sonna enfin, je me précipitai. Mon père.

— Tu vas bien ?

— Oui, et toi ? Ça va, là-bas ?

— On fait aller. Il y a du travail. Je suis un peu fatigué, c'est tout. Ta journée s'est passée sans problèmes ? Ta sœur est là ? »

J'allais encore devoir dissimuler. Au téléphone, comme cela, que pouvais-je dire ? Et que croirait-il?

— Journée normale, rien à signaler. Je me débrouille toute seule. Élisabeth est sortie marcher dans la campagne. Tu avais quelque chose à lui dire ? Fis-je après une hésitation.

— Non, je voulais l'entendre, simplement.

— Tu veux qu'elle te rappelle ? Je n'ai pas vu si elle a pris son portable en sortant.

— Non, je vais me coucher. C'est moi qui vous retéléphonerai demain soir. En attendant, je vous embrasse toutes les deux. Prenez bien soin de vous.

— Toi aussi, Papa. »

Il y eut un silence au bout de la ligne. J'eux l'impression qu'il cherchait quelque chose de plus à me dire et qu'il n'arrivait pas à retrouver de quoi il s'agissait. Il me dit simplement au revoir, je lui souhaitai une bonne nuit. Je raccrochai, furieuse contre ma sœur.

Presque aussitôt, le téléphone sonna de nouveau. Curieusement, je n'osai pas décrocher. Et si ce n'était pas elle ? Si c'était une copine, Vanessa, un ami de mon père … Sur le cadran, s'affichait le nom d'Élisabeth. Je me décidai.

— Allô ?

— Sonia ? »

Une de ces voix auxquelles il est arrivé quelque chose. Lointaine, trébuchante.

— C'est moi, Babeth, dit ma sœur.

— Qu'est-ce que tu fous ?

— Rien de mal. Mais ne m'attends pas, je ne sais pas à quelle heure je vais rentrer.

— Mais enfin … Fis-je, désemparée.

— Oh, écoute, ça va comme ça. Tu n'es pas ma mère, non ? Déjà gentil que je te prévienne.

La voix s'était raffermie.

— Tu sais au moins vers quelle heure …

— Non. Salut ».

Elle raccrocha. J'aurais peut-être dû lui dire un mot d'affection. Je jetai un coup d'œil sur la pendule. Dix heures. Je pensais qu'il était plus.

Indéniablement, je n'avais pas à surveiller ma sœur. Pourtant, ce timbre de voix … À moins que ce ne fût la communication, celle-ci devait être mauvaise … mais non, son portable était d'un modèle récent, bien meilleur que le mien, elle n'oubliait pas de le recharger, pas comme moi qui me servais très peu du mien et me trouvais toujours à court de batterie à chaque fois que j'en avais besoin. Où était-elle ? Je fermai les volets du rez-de-chaussée avec cette question dans la tête, bien qu'en fait tout cela ne me concernât pas. Babeth était majeure, libre de ses actes, et la seule personne devant qui elle eût à en répondre était notre père. J'essayai de me convaincre de cette évidence … mais en était-ce une ?

# V.

En revenant de l'école, le lendemain, je ne vis pas la voiture de ma sœur. Elle devait être à ses cours. Le matin, elle avait dormi. J'aurais peut-être dû la réveiller, mais je n'en avais pas eu le courage, j'ignorais à quelle heure de la nuit elle était rentrée, sans doute très tard.

La porte de sa chambre était demeurée ouverte, comme si elle était partie précipitamment. Curieux. J'allai pour la refermer. Une drôle d'odeur monta à mes narines, une odeur inconnue. Le désordre aussi me frappa. Ce n'était guère dans ses habitudes. La moitié des draps trainait sur le plancher, un verre était renversé sur son bureau, des livres gisaient sur le sol. Elle n'aimait pas beaucoup que j'entre chez elle, mais là je n'hésitai pas. J'ouvris une fenêtre pour dissiper cette odeur. Machinalement, je ramassai quelques bouquins pour les remettre dans l'armoire. Celle-ci était fermée, et la clé ne se trouvait nulle part. Élisabeth n'aimait pas que n'importe qui l'ouvrît et dissimulait la clé dans un vase … où elle ne se trouvait pas. Je me demandai ce qu'elle avait pu y celer de si précieux pour que moi-même je ne dusse pas le découvrir. Cela me déplut, m'inquiéta. S'il y avait des choses que nous taisions à Papa, nous n'avions guère de secrets l'une pour l'autre. *Nous n'avions* ... Je rangeai quelques vêtements dans le placard. Ils étaient sales, avec de la sueur, et toujours cette odeur. Puis je refermai la fenêtre, descendis le verre à la cuisine, le rinçai.

Puis je me fis chauffer de l'eau pour le thé. Devant la tasse, une réflexion de mon professeur de français me revint en tête : « Sachez toujours vous tenir à distance de vos sujets d'études ». Cela était plus facile devant un texte que face au comportement d'une personne, d'une personne que vous aimez. Mais je concevais aussi combien l'absence de sentiment facilitait la compréhension, même si je m'en sentais incapable. Toutefois, il ne coûtait rien d'essayer. Cette volonté, je le voyais s'inscrire au fond de ma tasse de thé. Peut-être devrais-je aussi essayer d'agir ainsi envers moi-même.

Je crus entendre quelqu'un rentrer. La cuisine était située à l'extrémité de la maison, séparée de l'entrée par une sorte de petit office et par la salle à manger. Puis j'entendis ma sœur rire, un rire qui devait être fort. Je me levai. Dans le hall, je vis d'abord Élisabeth, ensuite ce type qu'elle avait osé ramener chez nous. L'attitude de ma sœur était curieuse. Elle évita visiblement de m'embrasser, fit entrer son ami dans le salon.

— Je monte me rafraîchir, je crois que j'en ai besoin. Sonia, tiens compagnie à Julien.

— Je préfèrerais venir avec toi, fis-je.

— Fais ce que je te dis.

— Si tu y tiens … » J'obtempérai, devinant qu'il valait mieux éviter de la contrarier.

À mon tour, j'entrai dans le salon. Le type avait déjà accaparé un fauteuil. Il me regarda narquoisement.

— Tu vois, je suis dans la place. J'ai plus de succès qu'hier, tu ne trouves pas ?

Je ne répondis pas.

— Je te fais peur ?

J'allai m'asseoir le plus loin possible.

— Tu sais, reprit-il, un jour, je me suis retrouvé face à un chien à demi-sauvage, prêt à me sauter à la gorge. Un doberman. Et sais-tu ce qui le rendait si dangereux ? C'était parce qu'il avait peur de moi. Il n'y a pas plus mauvais que les animaux qui ont peur. Ceux qui ne fuient pas attaquent. Je pense que ça doit être pareil chez les humains. »

Dans le bar, il m'avait paru vulgaire mais pas antipathique. Maintenant, je le trouvais franchement odieux.

Comme s'il lisait en moi, il ajouta qu'il m'avait trouvée plus loquace il y avait deux jours. Je fus obligée de dire quelque chose.

— Cela dépend. J'étais avec Élisabeth. J'évitai devant lui de l'appeler « Babeth », ne voulant pas qu'il en fasse autant.

— Et je n'avais pas encore voulu forcer ta porte, c'est çà ?

— Peut-être …

— Si tu m'avais laissé entrer, je ne serais pas reparti avec l'argenterie de famille. Zut ! Qu'est-ce qu'il flottait !

— Mais elle vous a dit qu'elle n'était pas ici ?

— Oui. Mais, à ce moment, je ne pouvais pas le savoir. »

Il me regarda, croisa ses jambes, passa sa langue sur le coin de sa bouche. J'entendais l'eau dans les canalisations.

— Tu m'autorises à fumer ?

— Pourquoi pas ? Papa fume. Et ma sœur aussi.

Il sortit un paquet de cigarillos, m'en proposa un.

— Je ne fume pas, répondis-je.

— Tu es décidément très vertueuse. Mais tu as raison », fit-il en rejetant une bouffée odoriférante. Malgré moi, je souris. Je m'en voulus aussitôt. L'odeur du tabac n'était pas celle que j'avais décelée chez ma sœur. Avec Julien qui fumait en attendant visiblement que je reprenne la parole, et l'obscurité nuageuse qui emplissait la pièce d'une palpitation vague, j'eus l'impression fugitive que mon esprit se détachait de mon corps et que je parvenais à m'observer moi-même, timidement assise face à cet homme, encombrée de mes mains, de mes jambes, vêtue n'importe comment, le visage altéré, les cheveux en désordre. J'étais *cela,* rien de catastrophique, mais différente de ce que j'étais quelques jours auparavant, du moins le pensais-je. La sensation disparut brutalement, me laissant recrue comme si le venais de faire un long trajet.

— Ta sœur est très intelligente, fit mon vis-à-vis en regardant par une fenêtre. Sûrement plus que moi, et c'est ce qui me plaît en elle. Intelligente et sensible. Tu dois un peu lui ressembler, non ?

— Je n'en sais rien, dis-je, me demandant où il voulait en venir. J'aurais aimé que mon père soit son interlocuteur.

— Tu ne te connais pas ?

— Non, répondis-je, même si je n'en savais rien.

— À quinze ans, c'est assez normal. Cela vient petit à petit. »

J'entendis ma sœur descendre l'escalier. Elle entra. Ses cheveux cascadaient sur ses épaules. Je l'aimais ainsi. Elle se dirigea vers moi, et je me rendis compte que ses yeux luisaient, un regard que je ne lui connaissais pas. Julien la regardait comme si en cet instant il n'y avait eu qu'elle sur la terre. Elle me prit brutalement le bras en serrant très fort, me releva. Elle me semblait frissonner de l'intérieur.

— Sale peste, tu as été fouiller chez moi.

— Mais …

— Salope ! » S'exclama ma sœur avant que j'aie pu m'expliquer. Elle me frappa à toute volée sur le visage. Un coup, deux coups, trois. J'étais paralysée. Par la surprise autant que par la souffrance, car j'eus très mal. Son bras fut soudain arrêté. Son ami se tenait à côté d'elle, le regard autoritaire.

— Arrête ! Tu es folle, tu vas la tuer.

— Et alors ? Qu'elle crève ! » Cria ma sœur. Un rictus de chair déformait son front ; ses yeux ressemblaient à des cratères suintants ; sa bouche se tordait, avait effroyablement grandi. Elle tenta de se soustraire à l'étreinte de Julien pour revenir me frapper. Je n'avais pas bougé. Je tentais de refouler mes larmes, je ne voulais pas qu'ils me voient pleurer. Tout mon visage me faisait mal …

— Fous le camp, salope ! Fous le camp ! Il y a assez longtemps que tu en as envie, alors fous le camp ! Elle glapissait, s'étranglait.

— Babeth … Murmurai-je.

— Dehors ! Oh, je vais crever, crever », gémit-elle. J'eus l'impression qu'elle allait avoir une crise de nerfs. Julien me fit signe de sortir.

J'allai m'appuyer au buffet de la salle à manger. J'avais envie de me soulager, je gelais … je devais avoir rétrospectivement peur de cet accès de rage qui m'avait d'abord prise de court, à tel point que je n'avais pas essayé de me protéger. Mon cœur battait. Il semblait maintenant ne plus y avoir de bruit dans le salon. Ce qui pouvait s'y passer ne m'intéressait plus. L'injustice avait été trop flagrante pour que ce qui arrivait à Élisabeth me concernât encore, même si je devinais que je devrai vivre assez longtemps avec la hargne de me sœur, avec ce qu'elle venait de briser et qui n'aurait jamais dû l'être, qui ne serait jamais peut-être réparable. Je souhaitais que mon père revienne. Seule, tu es seule, Sonia, tu es seule … J'avais en même temps l'impression d'être enfermée, d'être recluse dans une chambre donnant sur un asile de fous. Puisque, après tout, on m'avait chassée, je sortis de la maison.

Il bruinait, il faisait presque nuit. Ou plutôt non, c'était la masse des nuages qui procurait cette illusion. Le village semblait mort, et je pensais qu'il avait bien raison, que j'aurais voulu être comme lui, recroquevillée et assoupie peut-être à jamais. Sur la route, il n'y avait pas une voiture. Deux corbeaux perchés sur un arbre me suivirent de leurs yeux ronds, sans bouger ni émettre un son. Tout était muet, rien ne m'indiquait ce que je pouvais ou devais faire. Je marchai lentement, essayant de réguler ma respiration. Le crachin froid apaisait les endroits où j'avais été frappée. J'arrivai devant la maison de Vanessa. J'hésitai. Mais je ne pouvais aller que là. Étrangement, je n'avais pas envie de partir à l'aventure. Tout, cependant, aurait dû m'y pousser, mais je devais sans doute vouloir de la compagnie. Je sonnai.

— Qui est là ? » Demanda la mère de Vanessa.

— C'est moi, Sonia.

Elle m'ouvrit. La clarté venant du hall éclaira mon visage.

— Entre. »

Elle me fit passer dans le salon. Il y avait du feu dans la cheminée, le couvert était déjà mis sur la table. Vanessa n'était pas là, mais je préférais cela.

— Que s'est-il passé ? Me demanda-t-elle.

Je mélangeai le vrai et le faux, mettant tout sur le compte d'une dispute. Même à cette femme qui avait ma confiance, je ne pouvais tout dire. Je protégeai encore Élisabeth.

— Je préfère ne pas retourner chez nous ce soir, conclus-je. Puis-je dormir ici ? Si ça vous dérange, bien sûr, je rentrerai …

Elle n'hésita qu'un instant.

— D'accord, mais à condition que tu préviennes chez toi.

— O.K.

Je portai la main à mon visage.

— Viens avec moi te faire soigner, sinon, tu vas arborer deux beaux cocards demain. Ta sœur n'y a pas été de main morte. »

Madame Méral devait soupçonner quelque chose. Elle m'emmena à la salle de bains, m'appliqua une pommade et me conduisit à la petite chambre que j'avais déjà occupée lorsqu'il m'arrivait de venir coucher chez ma camarade.

— Il faut que j'aille chercher Vanessa à son cours de piano. Tu viens avec moi à la ville, où préfères-tu te reposer ?

— Me reposer, Madame. En vous attendant, puis-je faire quelque chose pour vous aider ?

— À la demie de sept heures, tu pourras allumer le four. »

Je l'entendis partir. Quand elles revinrent, Vanessa ne pouvait dissimuler sa joie de m'avoir pour elle. Cela me fit chaud au cœur. Elle ne me posa aucune question, sa mère avait dû la chapitrer. Après le dîner, je téléphonai à la maison. Je laissai sonner, le répondeur se déclencha, je laissai un message. J'hésitai, mais fis de même sur le portable de ma sœur, je fus soulagée du fait qu'elle ne me répondît pas. J'avais prévenu comme il convenait, je devais être tranquille maintenant. Mais l'angoisse restait là.

À table, Vanessa parlait, tout doucement, sans user de la volubilité qui lui était habituelle. Elle savait. Je répondais, je prenais part à la conversation, mon amie parvint même à me faire rire en imitant les mimiques de son professeur de piano. Je montai me coucher en même temps qu'elle, je restai un moment dans sa chambre où un fou-rire nous prit à propos d'une personne … je ne sais plus qui, cela n'avait pas d'importance. Je ressentis quelque chose de chaud en moi et me rapprochai de mon amie, qui appuya sa tête sur mon épaule. Nous étions bien, et pendant un instant je ne pensai à rien. Mais je sentis mes yeux se fermer et allai me mettre au lit. Je me glissai entre les draps et tout revint, l'inquiétude, l'angoisse de ce qui pouvait me tomber dessus. J'aurais voulu prier, mais ma Communion était trop loin, et je n'y avais pas vraiment attaché de l'importance, je ne connaissais plus les mots et n'avais plus la force de les inventer. Je reportai mes pensées sur Vanessa, la boule de chaleur revint et je serrai mes jambes, ne voulant pas tenir compte de cette sensation. Le sommeil finit par l'emporter sue mes angoisses doublées de ce désir insidieux. J'eus plusieurs mauvais rêves qui déposèrent sur ma nuit une chape de terreur et d'angoisse.

— Ton père a appelé hier soir. Il était tard, je n'ai pas voulu te réveiller. Il t'embrasse, me dit Madame Méral lorsque Vanessa et moi descendîmes prendre notre petit déjeuner. Elle ne me laissa pas le temps de répondre.

— Tu n'iras pas à l'école aujourd'hui ? Dit-elle. C'était plus une constatation qu'une question.

— Je n'ai rien. Ni livres, ni cahiers, ni mon sac. Le temps d'aller tout prendre, je serai déjà en retard.

— Je m'en doutais. Qu'est-ce que tu vas faire ?

Je bus un peu de thé brûlant. Vanessa, elle, finissait son chocolat. Dans dix minutes, le car passerait.

— Je n'en ai aucune idée …

— Tu peux rester ici, si tu veux, dit-elle. Tu sais où sont les clés de chez toi ». Nous lui laissions un trousseau de clés, nous avions de même les siennes, en cas de problème.

Elle m'avait proposé de rester par politesse, je sentais bien que ce n'était pas sa préoccupation principale ce matin-là. Après tout, elle avait son travail, sa fille, sûrement des amis. Elle m'avait reçue comme on donne à manger à un chat efflanqué. Mais, maintenant, son rôle se terminait et je ne pouvais lui en vouloir. Au contraire.

J'accompagnai Vanessa un bout de chemin. Avant que n'arrive le bus, derrière une haie, je la serrai contre moi et l'embrassai comme jamais je ne l'avais fait. Elle ne se déroba point, mais resta passive, se laissant aller. Je la quittai et m'en allai sans me retourner vers la campagne.

Les oiseaux voletaient, n'ayant pas l'air de s'occuper de moi. Ils vivaient leur vie, soucieux de se nourrir et de s'abriter avant la prochaine pluie. À chacun pour soi.

# VI.

Je ne devais pas me promener longuement. Quelque chose me poussait à revenir. La maison m'attirait irrémédiablement. Je quittai la sente bordée de haies, d'où les oiseaux s'étaient envolés à mon approche, signe que je n'étais pas attendue. Je descendis un petit chemin qui aboutissait à la rivière où un gué marqué de grosses pierres permettait de traverser sans se mouiller les pieds. J'arrivai derrière la maison, mais la contournai. Je voulais arriver *de face,* pas comme une voleuse. Je rentrai chez moi. Le garage était fermé. Ma sœur devait être là, à moins qu'elle ne fût pas rentrée de la nuit.

Je la trouvai dans la salle à manger. Elle n'était pas encore habillée. Elle eut un geste vague en me voyant entrer.

Il y avait encore quelque chose de changé sur sa figure. Elle semblait avoir été plongée dans une eau lustrale. Ombre et lumière livraient sur son visage une bataille que la clarté paraissait devoir remporter. La source pure qui l'avait toujours nourrie, vivifiée, ne s'était pas tarie, elle s'en était allée ailleurs l'espace d'un moment pour revenir plus limpide, ne demandant qu'à être recueillie. Elle me fit signe de m'approcher. J'hésitai malgré moi : le souvenir de la scène de la veille était encore trop présent, ne pouvait être dissipé d'un coup par ce que je lisais de neuf sur le visage de ma sœur. Je m'assis près d'elle, posai les coudes sur la table bien cirée. Il y avait un pot de café entre nous. Élisabeth me regarda, regarda ses longues mains. La cloche de l'église sonna neuf heures. J'attendais qu'elle parle, et je me demandais si elle allait revenir sur la soirée passée. Je n'avais pas vraiment envie de remettre tout ça sur le tapis, même si j'étais en droit d'exiger des explications. Je la fixai à mon tour. Elle semblait vraiment apaisée, comme si quelque chose qui l'avait hantée avait fini de la tourmenter.

— Tu as faim, Sonia ? Fit-elle enfin.

Je lui expliquai que j'avais déjà mangé chez Vanessa. Je cherchai quelque chose à dire, n'importe quoi, pour parler avec elle.

Elle se resservit du café.

— Vois-tu, il y a des moments où l'on a besoin de quelque chose pour se fouetter le corps et l'esprit, me dit-elle. Je suis toute engourdie, comme si j'avais dormi trop longtemps.

— Je comprends.

— En es-tu si sûre ?

J'eus une petite moue. Elle avait raison, je n'étais pas certaine de tout comprendre.

— Il ne faut jamais vouloir *tout* appréhender, reprit-elle, parce que, sinon, on deviendrait vite fou.

Elle disait cela à mon intention.

— Tu es pourtant ma sœur, fis-je.

— Alors, tu veux parler de cela ? Je croyais que tu n'en aurais pas envie.

— Et toi ? La souhaites-tu, cette conversation ?

— Je ne sais pas … Il me sembla que l'ombre, qui avait presque disparu de son visage, regagnait du terrain. Elle reprit après un instant :

— Tu dois penser, Sonia, que le monde t'est tombé sur le crâne et que c'est de ma faute, n'est-ce pas ? Tu as peut-être raison. Bien sûr, je pourrais te dire que ce n'est pas uniquement de ma faute, mais tu ne me croirais pas.

— Peut-être que si, si tu consentais à t'expliquer. »

Je regrettai d'avoir dit cela, car je savais que ce qui se passait au plus profond d'elle ne pouvait s'expliquer comme un problème de mathématiques. J'aurais dû lui dire que j'avais encore confiance en elle, que je ne demandais qu'à être gentille avec elle. Elle s'exclama :

— Bordel !

Ce fut tout. Son calme revint aussitôt.

— Je peux te dire quelque chose ? Demanda-t-elle.

— Pourquoi pas ?

— Excuse-moi. »

Elle se leva pour desservir, je la suivis dans la cuisine. D'une part, j'étais contente qu'elle reconnût son erreur ; de l'autre, je lui en voulais presque de s'être abaissée à solliciter mon pardon. Je la rejoignis près du lave-vaisselle. Le robinet de l'évier gouttait. Une éponge traînait sur la toile cirée qui couvrait la longue table étroite. Élisabeth avait les lèvres serrées. Je remarquai à ce moment seulement qu'il émanait d'elle la même odeur que celle que j'avais reniflée dans sa chambre. Elle provenait de son corps, pas de sa robe de chambre qui sentait la lessive.

— Je t'ai dit que Papa avait téléphoné chez Madame Méral ? Fis-je pour dire quelque chose.

— Ce soir, je serai là. Je lui parlerai.

— Il sera content.

— Tu trouves que je le néglige *aussi* ?

— Je n'ai pas dit ça. »

C'était exact. Tout ce qui importait était qu'il l'entende. Pour qu'il ne se pose pas trop de questions.

— D'ailleurs, poursuivis-je, tu ne me négliges pas. Tu es ailleurs, très loin de moi, je crois.

Je la regardai. Elle devait songer à autre chose qu'à moi.

— Le problème, dit-elle, n'est pas là. Même si je parais m'éloigner, tu fais partie de mon univers. Non, ce qu'il y a, c'est de pouvoir se dire oui à soi-même. Accepter ce que le hasard offre, même si ça paraît dégueulasse à d'autres. Tout accepter, parce que la vie ne repasse pas les plats.

— *Tout* ?

— Même la mort. »

Je compris d'abord cela comme une provocation, un brûlot lancé vers moi. Mais ma sœur était sérieuse. Elle me jeta un coup d'œil, pour savoir quelle tête je faisais. Elle devait être très malheureuse.

Je m'enhardis :

— Même Julien ?

— Lui ou un autre …

— Alors, c'est seulement baiser qui t'intéresse ? »

Je regrettai aussitôt d'avoir posé cette question, parce qu'en fait la réponse ne me paraissait plus très importante. Hier, j'aurais voulu savoir. Maintenant, cela passait au second plan, je devinais des choses plus graves.

— Si tu veux savoir, me répondit-elle, je n'ai pas couché avec lui. Ni avec aucun autre, en ce moment. Il y a d'autres façons de s'amuser.

Je préférais ne pas savoir lesquelles. Je me demandais quelle pouvait bien être la nature de leurs relations. J'avais l'impression d'ouvrir des portes qui s'ouvraient sur d'autres portes.

— Mais lui, il t'aime ? Demandai-je.

— Je pense. »

Elle se redressa comme si elle allait retourner dans sa chambre pour s'habiller. Ce faisant, elle posa sa main sur mes cheveux. Une seconde. Je demeurai ensuite seule dans la cuisine. Amère. J'aurais voulu lui dire des choses que je n'avais pas pu dire. Rien n'était venu, et je trouvais cela terrifiant.

Je finis de ranger la cuisine puis montai me changer. J'entendais ma sœur dans la salle d'eau.

Malgré la pluie qui menaçait encore, je mis un pantalon de couleur vive, un polo bariolé. Une façon de narguer ce ciel noir qui ne nous quittait plus. Et pour ne pas ressembler aux corneilles qui croassaient en ce moment dans le ciel, nous narguant, nous qui ne savions pas voler. Je ne voulais pas qu'elles me confondent, ces oiseaux ne m'étaient en ces moments d'aucun secours, ne sachant qu'annoncer orages ou tempêtes. Les rouges-gorges et les fauvettes s'étaient certainement mis à l'abri, à moins que ces charognards ne les aient fait fuir plus sûrement que les orages. Je m'assis à ma table de travail, livres et cahiers me faisant face. Au bout d'un moment, ce labeur réussit à m'occuper l'esprit.

J'avais entendu ma sœur partir, elle avait klaxonné deux fois pour me dire au revoir, comme à l'accoutumée.

Sur le coup de midi, devoirs achevés, je mangeai sur le pouce. L'après-midi s'offrait à moi. Avant de sortir, je fis une tresse de mes cheveux et enfilai un blouson. Je savais qu'il pleuvrait bientôt, mais cela m'était égal. J'avais l'impression de parvenir à apprivoiser cette pluie qui gorgeait le ciel et coupait les routes. Je commençai par longer la route, puis empruntai un chemin vicinal qui, après nombre de méandres, revenait près du village.

Ce sentier mal goudronné serpentait entre des fermes basses, protégées par des arbres. Certaines – les plus petites – étaient abandonnées ; et, entre les ramures, j'apercevais des façades désolées, des volets qui pendaient, des toits crevés, des cheminées qui s'ennuyaient du feu. De nombreux prés étaient recouverts d'une pellicule d'eau. Au loin, il y avait des bois de résineux ; une terre riche côtoyait souvent une terre pauvre et sableuse.

Parmi ces bâtisses en déshérence, il en existait une que j'affectionnais, une métairie lovée entre trois saules, qui était sans doute une ancienne maison forte datant des guerres de religion. Son aspect n'était guère engageant. Une grande mare frémissait contre la petite tourelle, entre deux murs d'épineux. Il y avait aussi des fenêtres vides qui me regardaient. Seule la porte était intacte, massive, avec un heurtoir de bronze probablement rapporté, qui avait la forme d'une tête d'animal hargneux. Je pensais que, pour placer un tel objet sur sa porte, il fallait aimer les cauchemars. Toutefois, j'avais pris l'habitude de m'asseoir sur une pierre qui était devant cette porte. J'y restais parfois longtemps. J'aurais aimé vivre là plus tard, tout en sachant que je n'aurai sûrement pas cette chance. Je voyais mon avenir séparé des lieux où j'avais été heureuse. J'avais l'impression que, plus tard, jamais je ne me sentirais chez moi. Je m'assis sur la pierre. Elle était humide. J'avais les paumes moites. J'étais submergée par la sensation rare de devenir autre chose que moi-même. Et d'être coupée du monde, comme si cette maison n'existait pas, que rien n'existait, que je n'existais pas. Il commençait à bruiner. Mes mains couvraient mes yeux. J'esquissai un sourire qui n'en était pas un, comme si j'allais m'endormir avec le poids d'une journée passée.

— *Tu aurais rêvé que ...*

— *Tu rêvais ...*

Cela me parut venir de cette maison morte, immobile et tranquille. Ou peut-être du heurtoir. Oui, c'était cela. Du heurtoir.

— *Tu rêves ...*

Je me secouai. Ma natte était humide sur ma poitrine. Le heurtoir avait raison, j'avais rêvé. J'allais revenir dans notre maison. Papa serait là, Élisabeth m'ouvrirait la porte. Nos liens ne seraient pas changés. Mais une maison, ou un heurtoir, venait de me parler. Donc, j'étais folle. Oui. Donc, j'avais tout inventé. Il ne s'était rien passé. J'allais me réveiller. Je me rendis compte que je pleurais sans même le savoir.

— Sonia ! » Criai-je. Ma voix déchira mes oreilles, un écho me revint. Je regardai alentour, de crainte d'avoir été entendue. Je sentis les larmes sur mes joues. J'étais incapable de savoir si ce qui venait de m'arriver était cauchemardesque ou réel. Autour de moi les choses étaient telles qu'elles devaient être. Pas d'oiseaux, évidemment, avec ce temps, je n'avais pas besoin d'eux. Surtout pas des corneilles qui ne savaient que brailler en annonçant la pluie. Je n'avais plus besoin des oiseaux, je ne voulais plus les voir. Je regardai ma montre. Je m'étais assoupie – ou évaporée - plus d'une heure. Je devais rentrer. Je quittai la maison forte avec un vague regret au cœur. Sans savoir pourquoi. Il pleuvait de nouveau.

Il y avait un tracteur dans un champ. Je fis un signe au conducteur, que je connaissais de vue. D'ailleurs, à la campagne, tout le monde sait qui est qui. Je me demandais ce que les autres pouvaient penser de nous. En concluant qu'ils devaient se ficher de nous comme je me fichais d'eux. Seul, mon père voulait qu'Élisabeth et moi fussions toujours bien propres, bien astiquées, bien élevées, peu perfectibles. Il devait quelque part craindre le qu'en dira-t-on. À moins qu'il ne soit fier de nous. Il n'y avait pas de quoi !

Je regagnai la maison trempée. Mon pantalon était à tordre, mes chaussures faisaient « floc-floc », mon blouson ne me protégeait plus de rien. La voiture de ma sœur était là. Elle avait oublié ses veilleuses. J'allai les éteindre. L'intérieur sentait le vomi, le volant était taché … Soudain, je sentis monter en moi une angoisse sans nom : dans quel était allai-je la trouver ?

L'après-midi touchait à sa fin. J'étais lasse, j'avais froid. Avec tout ce qui m'était tombé dessus, je devais ressembler à une serpillière pas encore essorée. J'entrai. Élisabeth était assise dans le salon, écoutant de la *country music.* Je ne détestais pas, même si je préférais Schubert ou bien Serge Lama. Elle portait un chemisier bleu, une ample jupe en jean qui couvrait ses genoux. Je la trouvai très jolie ainsi, le bleu lui allait bien, s'accordant à ses yeux. Elle avait l'air de quelqu'un qui vient de beaucoup réfléchir. Son regard était clair. Elle me sourit. Il y avait un verre d'eau non loin d'elle. Avec la télécommande, elle baissa le son. La musique devint meuble. J'avais envie de demander ce que nous aurions pour dîner, mon repas de midi était loin. Ma sœur joua avec son briquet, le faisant tourner entre ses doigts.

— Tu t'es bien promenée ? Dit-elle.

Elle me fixa.

— Si on veut. Avec toute cette flotte …, répondis-je.

— Tu as l'air de t'être baignée toute habillée, c'est vrai. Tu devrais aller changer de vêtements.

La pluie, maintenant, battait les fenêtres. Je songeai à Papa, seul dans une chambre d'hôtel.

— Avant, je voudrais me réchauffer, dis-je.

— Tu ne veux tout de même pas qu'on allume du feu ?

— Non …

— Demain, il faudra que tu ailles au lycée. »

J'acquiesçai. D'ailleurs, je n'avais pas envie de prendre trop de retard.

— Je me demande si … commença-t-elle d'une voix hésitante. Je la regardai. Elle avait posé le briquet.sur l'accoudoir.

— Oui ?

— … Il te faudra un mot d'excuse ?

J'étais sûre que ce n'était pas ce qu'elle avait voulu dire. J'opinai. Elle avait voulu se confier, puis s'était rétractée. Elle reprit un ton normal :

— Va te changer, Sonia. »

Quand je redescendis, Élisabeth était dans la cuisine. Je l'aidai à préparer notre dîner. Ses gestes étaient un peu trop précis, comme si elle cherchait à chaque instant à dominer ses nerfs et ses muscles. Nous mangeâmes de bon appétit, mais j'éprouvais une sorte de vertige. En fait, il ne m'avait pas quitté de la journée, un peu comme si je ne cessais pas de me réveiller en sursaut.

Lorsque le téléphone sonna, je sus que c'était notre père. Élisabeth me demanda d'aller répondre. Tandis que je décrochais, je l'entendis monter dans sa chambre.

— Salut, me dit-il d'une voix forte qui ne lui était pas accoutumée. Alors, tu vas bien après ta nuit de débauche chez Vanessa ?

Il rit.

— Excuse-moi de ne pas avoir été à la maison, répondis-je.

— Oh, je me doutais bien que si vous n'étiez pas ici, vous seriez chez les Méral. Élisabeth avait dû oublier son portable, et quant à toi, je ne sais pas depuis combien de temps tu n'as pas rechargé le tien …

Ainsi, il croyait que nous avions toutes deux été chez Vanessa. Sa mère nous avait couvertes. J'eus peur de dire ce qu'il ne fallait pas.

— Ta sœur est là ? J'aimerais quand même lui dire un mot.

— Je vais la chercher. »

Justement, elle arrivait. Elle me prit le combiné des mains. Je remarquai qu'elle reniflait. Je quittai la pièce. Ils devaient avoir des choses à se dire. Leur conversation dura assez longtemps.

— Papa t'embrasse. Il revient après-demain »,
me dit-elle en entrant dans la salle à manger. Je fus
soulagée, son absence n'aurait pas été trop longue.
Revenu, il parlerait à ma sœur et tout rentrerait dans
l'ordre. Plus de Julien, plus de comportements
suspects, plus de dérives. Je me doutais pourtant
qu'en me disant cela, je me faisais des illusions.

— Tu veux regarder la télévision ? » Me
demanda ma sœur.

J'eus un geste évasif. Cela ne m'importait pas.
J'aurais voulu rester en silence avec Élisabeth
pendant des heures.

# VII.

Je me réveillai en pleine nuit. Je restai un moment tremblante, dans un demi-sommeil où traînaient des images épouvantables du rêve que je venais de faire et dont j'oublierai tout dans une minute, sauf l'impression de danger, la sensation d'une catastrophe qui fondait sur moi comme une pluie gluante, qu'il m'avait laissé. Je mis longtemps et retrouver mes esprits, à reprendre mon sang-froid. Je voulus allumer la lampe, tendis le bras mais ne sentis pas la table de chevet, que j'avais dû jeter à terre en m'agitant pendant mon sommeil. Je tentai de la retrouver dans le noir, gesticulai, me cognai au mur. Je faillis crier d'angoisse, mais j'entendis la pluie tourbillonner dehors sous d'inquiétantes rafales. J'avais peur, mais je préférais craindre un danger de quelque chose que j'entendais effectivement plutôt que d'être effrayée par des impressions venues du plus profond de mes rêves, d'un au-delà surgissant du plus profond de la nuit.

Je renonçai à trouver l'interrupteur de ma lampe, laissant mes yeux s'habituer à l'obscurité, et essayant de contrôler ma respiration. Les volets cliquetaient. Par-dessus, j'entendis un bruissement qui provenait de la maison. Cela ne dura pas. Quelques minutes s'écoulèrent, un froissement fut suivi de croassements. Les corbeaux dont le cri perçait la nuit, qui frôlaient le toit, se perchaient, s'envolaient. J'étais gelée, mais je commençai à me rendormir. Mais, de nouveau, il y eut un tâtonnement sourd, comme si un animal se trouvait prisonnier des murs. Un oiseau ? Non, la lucarne du grenier était fermée, les volets étaient bien fixés. Je me crispai instinctivement. Le bruit cessa, recommença. Il y avait quelque chose d'anormal. Un cambrioleur peut-être ... ou un cambrioleur de l'esprit, un jeteur de sorts, les corbeaux avaient-il ce pouvoir ? J'avais peur, je serrai mes mains l'une contre l'autre, j'aurais voulu être une statue vivante. Tout cela se produisit très vite, mais j'avais l'impression que cette impression était là, pesante, depuis des heures, tant l'impression était vive.

Je n'entendis pas le cri, je le devinai, je le ressentis. Dans l'armoire, des cintres avaient dû remuer. À cette heures, il y avait des pays où il faisait jour, où l'on marchait sous la lumière du soleil, sans tâtonner dans cette obscurité malsaine. Je me morigénai, j'étais stupide. Mais y avait-il quelqu'un ? Un choc sourd. Je me tournai dans mon lit, mes draps collaient, je manquai tomber en me levant, me cognai contre la table de nuit renversée, mais trouvai l'interrupteur. La lumière ne put me rassurer, la chambre était telle que je l'avais laissée, mais c'était dehors, à côté ... Je sortis dans le couloir. Rien. Je secouai la tête, serrai les dents. J'entendis gémir. J'entrai dans la chambre d'Élisabeth. Elle était couchée sur le sol, dans une posture désarticulée, comme si elle avait eu l'échine rompue.

Elle avait l'air d'un sac, d'une outre qui s'était vidée, sa poitrine se soulevait spasmodiquement, ses seins menus me parurent avoir grandi sous le chemiser à fleurs. C'était ma sœur. Elle avait vomi sur le tapis. J'observais ses cheveux presque sombres, ses yeux clairs qui ne regardaient rien. Je me détournai brutalement, non sans voir les chaises et les bibelots tombés sur le carrelage. J'eus honte, mais je ne pus rien faire. Je compris, mais tout cela aurait dû être impossible, pas Élisabeth … Je voulais crier, ma gorge était nouée, comme si quelque chose m'étranglait. Je ne pouvais voir plus longtemps ce spectacle, c'était ma sœur et c'était un être en loques, déformé, disloqué, ce n'était pas elle …

Je retournai dans ma chambre. L'éclat parcimonieux de la lampe ne faisait pas oublier l'obscurité. Je m'assis sur le lit, frigorifiée, mes genoux se serraient, des frissons me parcouraient. Dehors, il y avait toujours ces folles bourrasques qui me paraissaient dissiper notre vie, l'emporter dans la tourmente. J'aurais voulu ne songer à rien, laisser crever ma sœur, me convaincre qu'elle ne méritait que cela, elle n'était plus Élisabeth. J'aurais voulu crever, moi aussi, tant qu'à faire, que nous soyons toutes deux devenues ossements sous une pierre, avec des crapauds suçant notre moelle, n'entendant plus ces damnés corbeaux. Je pensai aussi que ma sœur m'avait paru bien petite sur le sol, comme si elle avait été dans un cercueil ou dans la position du fœtus. En fait, elle avait l'air abandonnée. Je me recouchai, vaincue, honteuse, renonçant à tout, me rendant compte de mon impuissance à contrôler le cours des choses. Je m'endormis, bercée par les corbeaux.

# VIII.

Au lycée, le lendemain, ce ne fut guère brillant. J'avais fait mes devoirs un peu n'importe comment, un professeur se rendit compte que j'avais intégralement recopié l'article trouvé sur Internet, l'autre releva un grand nombre de fautes, et celui qui m'interrogea ne put m'arracher un mot, je passai la dernière heure à regarder par la fenêtre, ma mémoire était vide, je flottais. Deux jours plus tôt, cette situation m'aurait désespérée. Je n'y pris même pas garde, j'étais épuisée.

Après les cours, j'allai au tennis comme un fonctionnaire va à son boulot. Je jouai quelques balles avec la grosse Charlotte. Sans conviction. Ma raquette était lourde. J'avais quitté la maison sans revoir ma sœur, je n'avais pas osé pénétrer une nouvelle fois chez elle. J'aurais peut-être voulu qu'elle me demandât mon aide. Je me sentais vaguement coupable de n'avoir pas su faire … quoi, exactement ? Appeler les pompiers ? Je me demandai … la retrouverai-je en rentrant ? Dans quel état ? Vivante ou morte, le corps tout disloqué par un monstre qui la rongeait de l'intérieur. Dans le vestiaire, la prof me dit qu'elle m'avait trouvée molle, et me demanda « si cela allait ». Je faillis cracher par terre, la gifler, me foutre à poil, n'importe quoi, choquer, provoquer, libérer ma peine, crier, me mettre en faute, avant de me dire que tout cela ne concernait que moi, que les petites affaires de Sonia n'étaient pas les siennes, qu'elle n'avait pas accès à mes pensées. La révolte fit place à l'inquiétude, je me réveillais, avec un lourd sentiment de culpabilité.

Plus tard, lorsque Vanessa et moi descendîmes du car, la petite posa sa main sur mon poignet. Cela me rasséréna.

— Tu ne devrais pas t'en faire, dit-elle.

— De quoi ? Demandai-je, déjà agressive.

— De ce que tu as dans la tête … » Je sentais sa main, dont le contact m'apaisait habituellement, mais je repoussai la sensation de chaleur qui montait en mon corps à chaque fois que je la sentais près de moi. Je me rendis compte que je n'avais pas dit un mot de tout le trajet, je ne pouvais toujours rien dire, comme si un professeur m'interrogeait alors que je n'avais rien appris, comme si je restais sèche devant un examinateur. Mais c'était Vanessa … même Vanessa … Je la laissai s'éloigner et marchai comme un automate vers la maison.

Je la vis, debout, me dérobai, aperçus Julien. En fait, je devais souhaiter que tout soit fini, balayé, avant que ne revienne mon père, avant qu'il ne s'aperçoive que nos vies basculaient, que plus rien ne paraissait sensé, même si je savais cela impossible. Le lendemain, elle partit très tôt, j'entendis sa voiture. Je laissai passer la journée sans heurts, faisant tout comme un automate, tenant dans le car la main de Vanessa qui ne me parlait que de choses insignifiantes, auxquelles je répondais machinalement. J'étais dans une sorte de brouillard, j'avais vaguement honte de mon affolement, je me sentais inutile.

Il revint comme il l'avait annoncé. En revenant de l'école, je vis la Golf break dans le garage. Il y avait du soleil, la tôle de la voiture brillait entre les taches de boue qui la maculaient par endroits.

— Bonjour, Sonia. »

Il était à mi-hauteur de l'escalier. Je l'embrassai mollement.

— Alors, qu'est-ce que vous devenez, par ici ? » Dit-il.

C'était une banalité dans sa bouche, dite avec un sourire. Pour moi, ce fut comme si on me plongeait la tête dans de l'eau glacée. Cette question, bien sûr, je la désirais, j'attendais avec impatience le moment où il la poserait, mais pas maintenant, pas comme cela, dans un escalier, pas dans un lieu de passage.

— Demande à Élisabeth, répondis-je.

— Eh, là ! Ça n'a pas collé entre vous ? »

Je montai quelques marches pour m'éloigner de lui. Il souriait et ne devait pas se rendre compte de mon état d'esprit.

— Ton voyage ? Ça s'est bien passé ? Pas trop de pluie ? Fis-je. Commençons par les politesses d'usage.

— Cela dépendait des endroits. Dans le Sud, du beau soleil, comme ici maintenant. Je vous raconterai ce soir. Et ici, beaucoup d'eau ?

— Jusqu'à hier après-midi. Il y a encore des routes coupées, paraît-il.

— Ah … Je vais finir de décharger la voiture », dit-il en s'éloignant.

Je gagnai ma chambre, posai mes affaires sur le bureau. J'eux une impulsion subite. Je ressortis sur le palier, ouvrit la porte de la chambre de ma sœur. Elle avait visiblement fait le ménage. Tout était en ordre, comme avant. Et si … si j'avais tout inventé ? Si le rêve s'était prolongé … Je me frottai les yeux. Non, il y avait encore des relents de l'odeur. Non, je n'avais pas rêvé. Je retournai dans ma chambre, craignant que ma sœur ne m'aie vue entrer. Non, elle n'était pas là. J'entendis mon père monter ses valises au second, là où il s'était installé une chambre et un grand bureau dans les anciens combles, à côté du grenier. Je le sentais marcher au-dessus de moi, défaire ses bagages.

Plus tard, il nous emmena dans un restaurant des environs. Il paraissait content de nous revoir, comme si son absence avait duré des mois. Élisabeth avait une attitude normale, mais paraissait enrhumée et mangeait du bout des lèvres. Je me demandais s'il le remarquerait. La salle était jolie, dans des tons ocre que rehaussaient des boiseries. Il y avait du monde. On aurait dit que la fin des pluies chassait les gens de chez eux. J'étais assise à côté de ma sœur, et il nous faisait face. Il avait l'air de quelqu'un qui a fait de bonnes affaires et offre un bon repas à sa petite amie. Il avait résolu diverses affaires épineuses, et il sortait ses filles. Ce n'était pas la première fois, mais, dans les circonstances présentes, cela me fit drôle. Parfois, ma sœur avait de brèves absences. Je voyais alors ses yeux virer au gris. À une table voisine de la nôtre, un type bien nourri qui s'ennuyait avec sa bonne femme levait souvent les yeux sur elle. Admiratif, et envieux de ne pas l'avoir dans son lit.

À la fin du repas, Papa commanda un cognac. Il fit longtemps tourner le verre dans sa main, comme si, finalement, il préférait le contempler que le boire. Il le huma à plusieurs reprises, mais en laissa la moitié.

Lorsque nous fûmes rentrés, ma sœur prit notre père par le bras.

— Il faut que je te parle, dit-elle.

— Ce soir ?

— Pourquoi pas ? Demanda-t-elle.

— Vois-tu, je suis un peu crevé. Pour ne pas dire épuisé.

— Mais … »

Je marchais un peu en retrait, et je la vis se tasser un peu.

— Demain, ma chérie », fit-il en ouvrant la porte de la maison. « Il est temps que j'aille me coucher. Et vous, les filles ? Vous allez dormir, ou vous vous abêtissez devant un écran ?

— Je monte », dit Élisabeth.

Je les suivis, alors que j'aurais voulu me retourner et partir, même si je savais que la fuite n'était pas vraiment la bonne solution. Je suivis ma sœur dans sa chambre. Elle avait au moins fait une tentative. Si je ne me trompais pas. Je n'avais plus envie de la laisser seule. Elle referma la porte. Je restai les bras ballants. Nous nous regardâmes en essayant de nous rassurer mutuellement. La lune se levait. Impossible, nous ne pouvions pas nous parler, nous restâmes face à face, muettes.

# IX.

Nous avions quelques jours de congé, Élisabeth et moi, c'était le pont de l'Ascension. Notre père, bien sûr, continuait à travailler. La pluie était revenue, moins forte qu'auparavant mais devenue bruine masquant le paysage. Depuis cette soirée où ma sœur avait voulu en vain parler à Papa, je me trouvais moche de n'avoir rien essayé pour qu'ils se parlent à nouveau. Cela ne datait que de l'avant-veille, mais c'était comme si une année s'était écoulée. Quand vous avez des ennuis, le temps se ralentit toujours, à ne plus apercevoir le bout des heures. Élisabeth n'avait pas fait de nouvelle tentative. Pas même envers moi. Au temps où nous grandissions ensembles, elle l'aurait fait.

Elle partait vers le milieu de la matinée et ne revenait que le soir. Julien venait la chercher, comme si elle avait peur de conduire. Ce rituel inédit dura trois jours. Elle revenait pâle. À table, le soir, elle paraissait toujours réfléchir. Mon père avait l'air de prendre ça pour une bonne plaisanterie, ou pour un rôle de composition. Le jour suivant, elle téléphona qu'elle ne reviendrait que tard dans la soirée. J'avais mon père pour moi, même si je ne savais pas ce que je pourrais bien lui dire. Je n'étais pas trop bien dans ma peau, ce soir-là. Plutôt, je me disais que j'allais devoir lui parler d'Élisabeth, alors que d'habitude c'étaient eux qui parlaient de la cadette que j'étais. Je me demandai si je leur avais posé des problèmes dont je n'aurais rien su.

— Tu viens écouter un peu de musique ? J'ai envie de me détendre », me dit-il quand j'eux fini de desservir.

Je répondis oui. C'était l'occasion. Avant, je montai chercher un gilet. Lorsque je descendis, il avait mis, je crois, *Lucia Di Lammermoor,* en sourdine. Il fumait lentement, ne devait pas écouter vraiment. Je m'étais toujours demandé s'il écoutait ou s'il ne recherchait dans ces musiques qu'une pulsation qui devient un élément du décor. Nous restâmes un bon moment sans rien dire. Après le finale de la première partie, il baissa encore le son, se tourna vers moi, ralluma une cigarette. Son briquet marchait mal.

— On continue, ou préfères-tu entendre autre chose ? » Demanda-t-il pour nouer la conversation. Cela n'avait aucune importance pour moi. Je le dis.

— Bien, dit-il.

Je sentais que si je ne disais pas quelque chose, il remonterait le son. Je soupirai que j'en avais marre de ce temps de cochon et que ma sœur nous laissait salement tomber.

— Ta sœur, répondit mon père, a besoin de se changer les idées. Tu sais, elle travaille beaucoup.

— Tu crois qu'il n'y a que cela ?

— Tu te tracasses à cause de son petit ami ? Vois-tu, ce qui m'inquièterait, ce serait qu'elle n'ait pas un petit copain. J'ai confiance en elle – en vous deux », ajouta-t-il.

Il avait souri en disant cela, un bon sourire de quelqu'un qui a ses certitudes. Je me demandai si je parlais bien avec mon père.

— Mais tu le connais, ce type ? Insistai-je.

— De réputation. Que cherches-tu à savoir ?

— Oh, rien. Je trouve que Babeth est curieuse, ces derniers temps.

— Elle change, c'est normal. À bientôt vingt ans, elle n'est plus une gamine. »

Peut-être se moquait-il de moi. J'eus envie de le lui demander. Je me contins, ne sachant pas trop comment il le prendrait. J'étais écartelée, aussi. Je brûlais de lui ouvrir les yeux, mais je me refusais à trahir ma sœur.

— Je trouve quand même qu'elle n'est pas elle-même en ce moment, dis-je. Je marchais sur un terrain miné.

— Tu crois que je devrais plus m'occuper d'elle ?

— Oui, dis-je.

— Alors, je le ferai.

— Il le faut. Absolument.

— Cela ne me déplaît pas, que vous ayez encore besoin de moi. »

Je le regardai à la dérobée. L'opéra alternait fureurs et détresses. La pièce sentait le tabac blond. Quitte à fumer, j'aurais aimé que mon père fumât la pipe, je trouvais cela plus élégant. Et il paraît que cela est moins mauvais.

— Nos destinées sont liées, qu'on le veuille ou non », dit-il. Je me demandai ce qu'il entendait par là. Peut-être savait-il, et acceptait-il sa part de responsabilité.

Non, il ne pouvait pas être au courant. Il aurait eu une autre tête. Non, il constatait un fait, voilà tout. Il avait raison. Trois, nous étions trois que le sang unifiait. Nous devions tenir, même si nous étions ravagés, en désordre, l'esprit renversé.

— À quoi songes-tu ? Me demanda Papa.

— A Babeth.

— Ne t'inquiète pas trop pour elle. En ce moment, elle se pose des questions. Et ce n'est pas toujours marrant.

— Crois-tu qu'elle cherche à se connaître ?

Cela m'était venu d'un coup. Il écrasa sa cigarette avant de me répondre.

— Peut-être ? Nous avons en nous un double qu'il nous faut apprivoiser. Je crois que c'est ce qu'elle est en train de faire. »

Je me demandai si le côté noir, obscur d'Élisabeth n'avait pas gagné la partie ? Définitivement. Mon père était trop optimiste. Il n'avait rien vu et rien compris. Élisabeth se jetait dans l'abîme, et il la laissait faire. Les mots me paraissaient superflus. Je ne pouvais rien faire. Ce n'était peut-être pas de mon âge – je me souvins de ma mère lorsqu'elle nous disait cela autrefois. Depuis, il s'était écoulé un temps infini, une ère, mais je pensais cela, que ce n'était pas de mon ressort, que cela ne me regardait pas, pour me rassurer. Cependant, je prenais des coups que je ne savais comment rendre.

— Tu n'as pas l'air très fière de ton père », me dit-il soudainement.

Mon dépit se voyait donc, le blessait sans que je l'aie voulu. Quand nous étions des gamines, il savait comment agir avec nous. Mais il y avait aussi notre mère, même si elle se montrait maladroite, ils étaient deux. Maintenant, j'avais l'impression qu'il nous craignait ou quêtait sans cesse notre approbation.

— Cela n'a rien à voir », répondis-je.

J'avais sommeil. Je me raccrochai à la musique pour ne pas partir de suite, le laisser. Je fermai les yeux. J'aurais voulu avoir huit ou dix ans, tout était plus simple alors.

J'entendis une voiture freiner brutalement devant la maison.

Je sus qu'*ils* revenaient. Je n'avais pas vraiment envie de les voir, mais je me demandai si mon père ferait entrer Julien chez nous.

— M'en vais. Suis fatiguée », fis-je.

Je me levai, dis bonsoir. Dehors, je devinais Élisabeth et son jules s'embrasser devant la grille du jardin. Je faillis entrouvrir la porte pour les regarder. Serait-il parti pour autant ?

# X.

Pendant quelques jours, ma sœur parut être redevenue elle-même. Depuis la nuit où ce type l'avait raccompagnée, elle ne le revit pas. Elle semblait heureuse entre mon père et moi, il me semblait qu'elle se réintégrait à la famille. Cela dura jusqu'à la fin de ses examens, comme si une petite lueur s'était rallumée avant qu'elle ne s'enfonce dans la nuit. Je sus cela en étant réveillée par ses insomnies. Je l'entendais marcher dans sa chambre ; se dire à elle-même des mots dont les murs étouffaient la signification. J'entendais aussi des bruits de verres, je l'entendais déplacer des objets, traîner les pieds. Je ne pouvais me rendormir qu'en faisant le vide en moi, tant j'avais peur. Ce fut durant cette période que je me mis à faire régulièrement de sales rêves où je voyais des hôpitaux ou des églises en feu. Mon père ne paraissait s'apercevoir de rien. Il ne devait pas nous entendre consumer nos nuits. Et il devait certainement avoir des préoccupations à son boulot. Il partait tôt, revenait tard. Il avait une drôle de mine. Et il fumait de plus en plus, il sortait même pour fumer dehors, presque en cachette.

Un soir, il m'avait dit que la poisse tombait sur les gens à intervalles réguliers. Puis il avait ajouté :

— Aime-tu ton père, Sonia ?

Ses habits sentaient le bureau, un univers fermé.

— Sûr », avais-je dit.

Il n'avait pas remarqué combien Élisabeth avait maigri. Nous n'étions pas bien grosses l'une et l'autre, mais je trouvais qu'elle n'avait que la peau sur les os. Tandis que son visage, jadis si mobile, devenait inexpressif. Elle avait aussi le nez qui coulait, et elle donnait l'impression de faire de grands efforts pour parler normalement avec moi ou avec Papa. Lorsqu'elle ne se doutait pas qu'elle était observée, ses gestes devenaient soit brusques, soit hésitants. Sa gaieté s'était enfuie. Elle me faisait penser à une petite fille leucémique, j'avais l'impression qu'elle s'était ratatinée. Par-dessus le marché, elle revoyait ce salopard de Julien et délaissait l'université.

Un mercredi après-midi, le téléphone fixe avait sonné. Je faisais mes devoirs. J'allai répondre. Au bout du fil, je reconnus la voix de Fabienne, une amie de longue date de ma sœur, qui avait suivi la même filière qu'elle. Or, Fabienne s'étonnait de ne plus la voir.

— Comment ça, tu ne la vois plus ? Avais-je demandé.

— Elle ne vient plus aux cours qu'une fois sur deux. Je sais qu'elle passe en seconde année, mais ça la fout mal. Aïe, je n'aurais peut-être pas dû te dire ça … »

Je la sentais gênée, conscient d'avoir fait une gaffe. Je l'assurai que j'étais au courant des frasques de ma sœur.

J'avais confiance en Fabienne. J'ajoutai que je trouvais ma sœur un peu curieuse, ces derniers temps, et que je pensais qu'elle serait sûrement mieux avec elle qu'avec les copains qu'elle fréquentait.

— Si tu veux parler de Julien, ce n'est pas le pire, Sonia. Crois-moi.

— Mais, avais-je dit, prise d'une subite passion, Élisabeth parle avec toi ? Parce que si elle ne t'écoute pas, toi qui es sa meilleure amie, personne ne lui fera entendre raison. »

J'espérais par Fabienne en savoir davantage. J'aurais aimé qu'elle pût m'expliquer ce que je ne parvenais pas à comprendre, mais elle ne le pouvait pas. Elle constatait, c'était tout. Je pensai aussi que sa discrétion l'empêchait de trop se mêler des affaires des autres. Même si j'avais senti une sourde inquiétude dans sa voix. Je ne fis pas part de cet appel à ma sœur. Son amie et moi avions trop parlé d'elle, et je ne crois pas que Fabienne aurait été contente qu'Élisabeth apprenne que nous discutions sur son dos.

# XI.

Mon père travaillait le samedi. Un jour, il m'avait déposée en ville en me disant de le rejoindre plus tard à son bureau. J'avais des fringues à acheter. Élisabeth était partie avec Fabienne, qui était venue la chercher car ma sœur ne conduisait presque plus.

Le ciel était triste et l'air était chaud et chargé d'humidité, comme souvent en bordure de Loire. Je fis quelques magasins, trouvai à peu près ce que je voulais. La ville me paraissait sale. Je n'étais pas vraiment une citadine.

Je m'apprêtais à aller retrouver mon père et marchais dans une des petites rues qui montent vers la cathédrale. Il y avait peu de monde, et après avoir été heureuse sur le moment de mes achats, je commençai à les trouver bien futiles et superflus dans les circonstances actuelles. Un type en cabriolet faisait hurler du *heavy metal* dans son poste, ce qui fit que je ne me rendis pas compte tout de suite qu'une voiture me suivait. D'ailleurs, je regardais toujours loin devant moi quand je marchais dans une rue, comme si j'étais dans les champs et que je guettais l'orée du bois ou les murs d'une ferme. Lorsque le véhicule fut à ma hauteur, je me retournai. Une seconde trop tard, je me dis que j'aurais mieux fait de foutre le camp.

— Eh, Sonia ! »

Le long du trottoir où je me trouvais, on ne pouvait pas stationner. La voiture de Julien était à côté de moi, vitres baissées.

— Je peux te déposer quelque part ? Dit-il.

— Fichez-moi la paix », répondis-je. Il continua de rouler à la vitesse de mes pas. Ce devait être comique, une bagnole qui suivait une gamine. De rares passants nous regardaient, un couple ralentit et s'arrêta un peu plus loin, nous surveillant. J'avais honte, je sentais mes joues s'empourprer. Je ne savais quoi faire, il n'y avait même pas un bistrot où j'aurais pu entrer. Je décidai de ne pas l'ignorer, je m'arrêtai. Il freina, sortit de sa voiture. Je reculai près d'un mur maculé de graffitis.

— Ça vous amuse, de jouer au con ? Fis-je.

— Pourquoi me détestes-tu ?

— Vous ne pouvez pas comprendre.

Sa question m'avait surprise. Il paraissait peiné. Il arborait une veste trop ample et une cravate de cuir. Qui était-il ? Il se rapprocha de moi.

— Toi non plus, tu ne comprends pas grand-chose, dit-il.

Je fis mine de m'en aller. Il se planta devant moi. Le trottoir était si étroit qu'il le barrait.

— Laissez-moi, demandai-je.

— Non. Le hasard fait bien les choses : il y a un certain temps que je cherche à te voir.

— M'en fous.

— Rien ne t'intéresse ? Pas même ta sœur ? »

Je sentis une brûlure mordre mes joues, mon front. Il n'avait pas le droit de me parler d'elle. Pas lui. Le ciel sale se découpait dans le goulet de la rue qui me paraissait devenir de plus en plus étroite.

— Salaud. C'est à cause de vous … »

Je n'achevai pas. Je fis un écart et traversai la rue. J'entendis une voiture freiner puis klaxonner. Je me mis à courir. De hideuses évocations dansaient devant moi. Je bousculai des gens.

Il ne me suivait pas. Au bout d'un moment, je repris le pas, essoufflée, le cœur battant. Puis je m'arrêtai à l'abri d'un porche. Mes mollets me faisaient mal. C'était comme si ce type m'avait fait toucher le fond. Je sentais son pied sur ma tête, pour m'empêcher de remonter. Je m'asphyxiais.

— Ça ne va pas, mademoiselle ? Me demanda une femme âgée aux yeux doux.

— Non, rien, ça ira. Merci, Madame », dis-je.

Je m'éloignai, les jambes flageolantes. Le bureau de mon père n'était pas trop loin. Je ne lui dis rien de ce qui venait de se passer. J'en réservais la primeur à ma sœur. La coupe était trop pleine, il allait falloir qu'elle déborde.

# XII.

Élisabeth revint à la fin de l'après-midi, visiblement contente de sa journée. Je la happai alors qu'elle allait vers sa chambre, je l'entraînai dans la mienne. Elle dut tout de suite sentir que quelque chose n'allait pas. Elle essaya de capter mon regard. Je lui racontai tout. Sèchement. Fureur contenue. Une odeur de rivière, d'arbres et de sable flottait autour d'elle.

Elle ne me répondit rien. Je venais d'effacer de son visage la petite joie que j'avais pu y lire. Lorsque quelqu'un ne laisse surnager que sa tête de son caca, il est parfois plus sain de l'y enfoncer un bon coup avant de l'en extirper pour de bon. Je n'étais pas sûre de pouvoir le faire, mais il ne me coûtait rien d'essayer. Et, au moins, je pourrai continuer à pouvoir me regarder dans un miroir.

— Alors, dis-je, c'est chacun pour soi ? Comme tu veux, ma vieille ».

Pas de réponse. Elle regardait ses mollets nus. Une épine l'avait griffée au-dessous du genou droit. Pas la fenêtre ouverte, on sentait monter de lourdes nuées. Je commençai à désespérer d'en tirer quelque chose. Dans le jardin, j'entendais mon père nettoyer au jet sa voiture. Il allait certainement bientôt pleuvoir, ça ne rate jamais.

— Tu ne peux rien piger, dit-elle soudain comme si elle ne s'adressait pas à moi. C'était la seconde fois, aujourd'hui, qu'on me sortait ça.

— Ah, ouais. Je ne peux rien comprendre, rien ! Tu es en train de devenir complètement conne, et je ne peux rien comprendre. Je ne le vois pas, que tu picoles ? Je ne le devine pas, que tu te drogues ? Je ne l'ai sans doute pas compris, que ce type t'entraîne vers une impasse, une foutue impasse de merde ? Tu passes ton temps avec lui, tu ne vas plus à l'université, et ici, tu es comme un zombie. Tu crois vraiment que je suis aveugle ? Bon dieu, regarde-toi dans une glace ! Oh, si j'avais compris plus tôt ! Je n'avais pas osé appeler le SAMU, l'autre soir … »

J'avais parlé de façon véhémente, sans crier, mais sans reprendre mon souffle. Peut-être ne lui avais-je jamais parlé comme cela.

— Tu es gentille, Sonia. »

Sa voix était un murmure, un souffle si doux et si contrit qu'elle-même devait être surprise de réagir ainsi. Elle poursuivit :

— Tu es gentille, mais tu ne peux rien pour moi.

— On peut toujours, dis-je.

— Trop tard, Sonia.

Puis :

— Pour moi, tout a déjà basculé. »

Elle n'avait pas bougé depuis le début de notre conversation, mais, en disant cela, elle se souvint de sa cicatrice, effleura son genou, comme si elle était incertaine de la suite, ou comme si elle se disait avoir avoué le plus dur.

— Mais pourquoi ? » Demandai-je.

C'était la question idiote. Et je le savais. J'aurais tout aussi bien pu lui dire qu'elle était heureuse, qu'elle avait une bonne famille, une vive intelligence, qu'elle était belle, et qu'elle n'avait donc aucune raison valable de se comporter comme elle le faisait. Bref, aligner de ces imbécilités qui, toujours, renforcent les gens dans leur envie de foutre le camp de la vie et de faire des conneries. Je me demandai si ce n'était pas là ce que mon père lui aurait répondu si elle avait pu lui parler, lui avouer … s'il avait été à l'écoute. En fait, je n'avais pas d'arguments. J'aurais pu lui dire que nul n'avait le droit de se détruire, mais je ne savais pas comment le formuler, à part par des arguments « catho – cucus ». On ne vous apprend pas à craindre le jugement de la mort. Alors … le seul truc que je pouvais lui conseiller, c'était de fuir ce funeste Julien qui l'avait entraînée à se vicier le corps. Je reconstituai mentalement tout le mécanisme.

— Laisse tomber ce salaud, Babeth. Fuis-le »,
dis-je.

Elle ne dit rien. Une frayeur incontrôlée
semblait la malaxer. Vague de souffrance.

Notre mère nous avait laissé, à sa mort, une
somme d'argent que nous devions toucher à notre
majorité. Élisabeth avait reçu sa part, l'achat
d'alcool ou de doses ne lui posait donc aucun
problème. Ce salaud devait la ravitailler. De la sueur
mouillait mon tee-shirt. Il fallait qu'elle me dise
quelque chose.

— Je *dois* t'aider, lançai-je.

— Sonia, je ne suis plus ta sœur. Je ne suis
plus une sœur. »

C'était comme si elle énonçait une évidence.
Rien de plus. Elle ne m'appartenait plus. Elle était
partie. Loin. Je ne la reverrais plus. Nous étions
comme sur un quai de gare. Elle était entièrement
vêtue de noir, et cela rehaussait la clarté de son
visage, de sa chevelure. Malgré moi, je lui demandai
si elle n'avait pas peur.

— Non, dit-elle en croisant ses mains.

J'insistai :

— Quand on agit comme toi, c'est qu'on est
fou ou qu'on a peur, non ?

Cette phrase, j'eus du mal à la prononcer. Elle
ramena ses jambes sous le fauteuil. Elles étaient

couvertes de chair de poule, comme une volaille plumée.

— Pas forcément », fit-elle.

Sa réponse bouscula beaucoup de choses dans ma tête. Je vis d'autres horizons. Et si moi, un jour … Je me sentis toute drôle. J'avais envie de me regarder en photo, savoir si cette adolescente en tenue de tennis, en robe bien sage, en jean usé, pourrait … si mon dégoût des gens allait jusqu'à moi-même. Ma sœur accrocha mon regard. Je ne le dérobai pas. Je ne jouais plus à la petite fille malcontente. Élisabeth se séparait d'une part de moi-même, et j'étais la seule à le ressentir. D'accusatrice, je me sentais devenir accusée. Pourtant, je n'avais rien fait. Pas encore.

— Je suis devenue une autre, Sonia. Tu comprends ? Dit ma sœur.

— Oui et non. »

J'aurais plutôt dû lui demander si sa peau était vraiment aussi pesante. Elle fixait le motif orangé de mon tee-shirt. Dehors, les premières gouttes tombaient, lourdes. Elles revenaient. La pluie pourtant nourricière me paraissait accompagner chaque pas que ma sœur faisait vers les profondeurs. Entre nous le silence perdurait. Comme si cela allait changer quelque chose au problème, nous écoutions tomber la pluie. Élisabeth semblait incapable de bouger. Son corps était raide, son regard était noyé. Elle ressemblait à quelqu'un qui lutte contre un fantôme de l'esprit. Je songeai qu'elle n'avait pu ni boire ni sniffer ou se piquer en compagnie de Fabienne. Il n'y avait de vie que dans les légers plissements de son front.

— Il y a trop de choses insignifiantes dans la vie, finit-elle pas murmurer.

J'étais bien d'accord, mais je n'étais pas sûre que le problème fût vraiment là. Je dis que ce n'était pas une raison pour …

— Non, ce n'est pas une raison, fit-elle.

Nouveau silence. Le vent se levait. Puis elle reprit :

— Tu vois, Sonia, il aurait sûrement fallu qu'on s'y prenne autrement avec moi.

Il y avait des bruits de gouttière, répétitifs. Ma sœur avait parlé d'une façon peu convaincue, comme si elle avait su à l'avance qu'elle allait dire cela, mais je pensai que c'était toujours ainsi quand c'était vrai.

— On a besoin de parents, pas de copains, dit-elle.

— Papa n'a jamais été vraiment un copain, répondis-je.

— Qu'en sais-tu ? Tu es trop jeune.

— Tu te défausses.

Je commençai à en avoir marre. Elle aussi, sans doute. Rien de concret ne sortirait de cet entretien. J'eus un dernier sursaut.

— Ne *le* revois pas, Babeth, crois-moi. Sans lui, tu pourras t'en sortir, sûrement. »

Je revoyais Julien me barrer le trottoir. J'avais l'estomac au bord des lèvres. Jamais je n'aurais cru que l'on puisse haïr ainsi. Je frémissais du fond des os, du cerveau, du ventre. Ma sœur se leva. Il n'y avait rien à ajouter. J'avais fait mon possible, même si cela ne servait à rien. J'étais vannée, déçue.

Élisabeth sortit sans me regarder. Elle ne devait plus beaucoup m'aimer. Elle avait raison : elle n'était plus la même. Elle avait poussé le bouchon un peu trop loin. Peut-être que moi aussi, je devenais une autre …

Je l'entendais marcher dans sa chambre. Elle devait tourner en rond. Je regardai l'heure.

— Sonia ! »

Ça, c'était mon père qui m'appelait. Il était sur le palier.

— Qu'est-ce que vous fichez ? » Me demanda-t-il.

Qu'avait-il pu se passer ? Nous n'avions pas élevé la voix, ni fait plus de bruit qu'à l'ordinaire. Sonia de nouveau accusée. Mais je n'avais pas envie de me laisser faire. Pas par lui. Je ne voulais pas lui abandonner les commandes, même si dans toute cette histoire, c'était lui qui aurait dû prendre le gouvernail.

— Nous ne *fichons* rien, dis-je.

— Ah ... »

Puis il ajouta qu'il allait être bientôt l'heure de préparer le dîner. En fait, je pensai qu'il était monté pour se rassurer, voir que nous étions toujours là. J'étais gênée. Je tortillai le tissu de mon short. Les coups de tonnerre faisaient vibrer la maison. L'atmosphère idéale pour relire *Rebecca*. Je me mis à danser d'un pied sur l'autre. Je n'osai pas regagner ma chambre, le laisser là, et lui ne faisait pas mine de prendre une décision. Il devait inconsciemment se rendre compte qu'il arrivait trop tard. Il avait l'air de quelqu'un qui s'est trompé d'aéroport. Je me grattai le haut d'une cuisse.

— Je peux t'aider à quelque chose ? Cela venait de me passer par la tête, et je crois que cela valait mieux que rien.

— Non ... non. Descends dans dix minutes, seulement. »

Il tourna les talons, gagna l'escalier. L'ambiance de cette maison devait finir par tous nous perturber. D'une manière comme d'une autre, il fallait sortir de cette foutue histoire. Je m'aperçus que j'étais toujours sur le palier. Entre chien et loup. Je sentis la température tomber. J'allai me changer.

Vieille salopette bleue, vieux tee-shirt aux couleurs passées, vieux pull usé. Je songeai que je ne devais pas être très excitante. Pour qui, d'ailleurs ? Pour Papa, pour *elle* ? Je descendis. J'eus peur. Lorsque vous vous attendez à trouver quelqu'un à un endroit précis et qu'il n'y a personne, vous éprouvez toujours un malaise. Moi, j'eus peur de ne pas voir mon père à la cuisine ou dans le salon.

— Eh, oh ! »

Rien à faire, il n'y avait personne. Je contrôlai ma respiration. J'étais vraiment imbécile. Gosse de huit ans. Vanessa était plus adulte que moi. Mais pourquoi pensais-je à elle ? J'eus un instant envie de la voir, de courir vers chez elle, de la prendre dans mes bras pour que tout soit simple. Mais je ressentais au tréfonds de moi qu'il allait se passer quelque chose, il fallait que je le sache, que je le voie, je ne devais pas fuir encore une fois. J'étais là, avec mon appréhension, dans ces pièces vides. Et il fallait que je bouge. Je sortis sur le perron. Il bruinait, maintenant.

— Eh, oh ! »

Je crois bien que j'étais à deux doigts de fondre en larmes. Il y avait dans l'air une tempête qui montait. Je vis une silhouette se profiler derrière la grille. Julien ? Non, mon père, tout simplement, avec une baguette de pain à la main. Stupide, Sonia, vraiment stupide. Je le regardai s'approcher comme s'il s'agissait d'un autre. Étrange. Je devais être fatiguée.

— C'est toi qui cries ? Me demanda-t-il.

— Oui …

— Rentrons, il va encore flotter. »

Il ajouta que sa petite fille semblait bien nerveuse. Un peu plus, il m'aurait demandé si j'avais mes règles. Tout cela me paraissait dérisoire.

Nous commençâmes à préparer à manger. Plus d'une fois, je le surpris à me regarder à la dérobée, comme si je venais de naître. De renaître. Il refaisait ma connaissance, semblait-il.

— Je vais demander à Babeth de venir nous aider un peu. Elle exagère », dit-il au bout d'un moment. Je répondis que je me débrouillais, mais, visiblement, il tenait à son idée. Était-ce un prétexte pour voir ce que faisait ma sœur ? Il en avait donc besoin ? Je m'efforçai de paraître décontractée quand il quitta la cuisine.

Il redescendit rapidement. Seul. Je me mis à éplucher quelques pommes de terre bien sales, en tendant l'oreille. J'entendis, assourdi, un petit bruit, des petits bruits, il téléphonait du fixe. Il devait y avoir quelque chose d'anormal. J'essuyai la lame de mon couteau sur un torchon. Je n'osai pas quitter la cuisine, mais j'entendis qu'il donnait son numéro de portable avant de raccrocher. Il revint, ne me dit rien, chercha des yeux sa veste, l'enfila, sortit son portable de sa poche et alla vers le tiroir du buffet prendre le chargeur. Je ne me demandai pas ce que ce manège signifiait. Je *savais*. Il cherchait à dissimuler son visage, j'approchai de lui et vis ses yeux rouges. Il venait d'appeler le SAMU. Élisabeth était évanouie dans sa chambre.

# XIII.

Nous suivîmes l'ambulance jusqu'à l'hôpital proche, et là, nous attendîmes. Parfois mon père sortait fumer dans la nuit, sous la pluie. Il y avait un ballet incessant d'ambulances et de voitures de pompiers. Les eaux, en remontant, avaient fait des dégâts, des personnes avaient été emportées par le courant, ou blessées par des chutes de troncs d'arbres ou de pierres. Des gens âgés, et des enfants pour la plupart. Il y avait eu aussi une grosse collision sur l'autoroute, un camion avait dérapé sur la chaussée mouillée.

Alors, nous attendions. Mon père allait et venait, s'approchait parfois du couloir par où l'on avait emporté ma sœur. Je me demandais s'il y avait assez de médecins de service. Apparemment, on en avait appelé un, qui était arrivé en courant, on lui avait dit : « Par ici, docteur ». On s'agitait. Nous n'avions pas d'autre choix que d'attendre.

Je songeais qu'un hôpital, une nuit de drames, c'était vraiment comme une gare de souffrance. Une gare de triage. J'étais assise sur une banquette dure. La fille, à la réception, me lorgnait dès qu'elle avait un instant de libre. Cela m'horripilait. J'avais déjà du mal à comprendre ce que je foutais là, hormis que je savais n'avoir pas voulu laisser mon père seul, petite chienne fidèle. En mon for intérieur, je me disais que je n'aurais pas supporté d'attendre seule à la maison. D'attendre le dénouement de ce drame. D'attendre l'annonce d'une catastrophe. Je n'aurais pas pu rester, j'aurais couru chez Vanessa. J'aurais été lâche, mon père serait rentré tout seul.

Au bout d'un temps assez long – au moins deux heures, estimai-je en regardant la pendule – on nous appela. Un interne. Il voulut prendre mon père à part. Mais Papa me fit signe de me lever.

— Sonia peut entendre ce qui concerne sa sœur », expliqua-t-il. Le toubib me regarda d'un sale œil, comme si j'étais une crotte sur un trottoir bien propre.

— Comme vous voulez ».

Sa voix était aiguë, féminine, et détonnait avec son aspect, un jeune type costaud aux épaules carrées, avec une sale gueule, une mâchoire de brochet, je l'aurais plutôt imaginé sur un terrain de rugby. Le genre de mec qui vous fait changer de trottoir le soir. Il y avait des taches sur sa blouse blanche. Et elle était trop serrée aux aisselles, un peu craquée. Il expliqua à mon père ce que je savais déjà. Il allait falloir désintoxiquer ma sœur, la sevrer d'alcool et de drogue. Mais avant, il fallait qu'elle survive à sa tentative de suicide : mélange d'alcool, de somnifères et d'héroïne. C'était, disait-il, presque un miracle qu'elle fût encore en vie.

Puis il nous demanda si nous voulions la voir. Il nous précéda dans l'ascenseur, ensuite dans des couloirs qui sentaient le désinfectant. La luminosité était métallique. On croisait des infirmières pressées.

La chambre qu'occupait Élisabeth était petite, encombrée d'appareils qui entouraient son lit, un goutte-à-goutte surplombait son bras droit. Il y avait des tuyaux partout, dans sa bouche, dans ses narines, des fils partaient de sa poitrine pour aboutir à un appareil qui clignotait. Ses yeux étaient clos. Elle était pâle. Transparente. De sombres cernes marquaient son visage. J'eux de la peine à la reconnaître. J'allai poser ma main sur son bras nu. Son corps était froid. Elle ne remua pas lorsque je la touchai. Je me sentais impuissante et solitaire. Mon père vint à mes côtés, m'écarta doucement. Il devait faire un gros effort pour rester maître de lui. Même si je n'avais pas imaginé ce qui se passait exactement, je savais ma sœur malade. Mais lui, tout lui tombait sur le dos comme un coup de bâton. J'admirai son sang-froid. Il voyait pourtant crever sa fille. Il n'avait jamais dû penser cela possible. Pas comme cela, tout au moins. Peut-être songeait-il à ce qu'il avait dû faire de mal pour que nous en soyons là, on se demande toujours à qui c'est la faute. Peut-être revoyait-il Élisabeth enfant ou adolescente jouant dans le jardin. Il secoua la tête comme pour épousseter ses pensées et s'éloigna du lit. Il me prit la main, et cela me fit du bien. J'ignorais si je savais encore marcher toute seule.

— Nous lui avons fait plusieurs lavages d'estomac, précisa l'interne.

— Le plus dur sera sûrement le sevrage, dit mon père d'une voix blanche.

— Pas forcément. Avec un drogué, le moment le plus critique est *après* le sevrage. Quand il a l'illusion de s'être débarrassé de l'héroïne alors que la moindre chose peut le faire retomber dans sa consommation. Le sujet ressent alors un manque qu'il ne peut expliquer. C'est là qu'il a besoin d'être entouré, qu'on l'oriente vers d'autres centres d'intérêt. Ce que je vous dis là est schématique, bien sûr, tout dépend de la personne. Nous avons des spécialistes qui vous guiderons en même temps qu'elle, qui vous expliqueront le processus le moment voulu.

— Évidemment », dit mon père.

Nous quittâmes la chambre. Nous pliions bagages après une défaite. Une main glacée me torturait la poitrine, jouait sadiquement avec mes seins. L'interne nous laissa dans le hall. J'éprouvais ce que peut ressentir un type en jeans-basket dans une soirée où tout le monde est en habit et robe du soir. Deux petits rochers gris au milieu de la mer. Et toujours le ballet des civières.

Dans le parking, mon père respira fortement. L'odeur du cuir de la voiture me rasséréna. Mon père resta longtemps devant le volant sans démarrer, ses mains devaient trembler. Des ambulances, d'autres véhicules, allaient et venaient. Il pleuvait un peu. Les phares se reflétaient sur l'asphalte. Je commençai à avoir mal au cœur et il ne démarrait toujours pas.

— Pourquoi ne m'as-tu rien dit, Sonia ?

Toute jeune, j'aimais les églises parce qu'elles m'effrayaient. Ce soir, j'aimais mon père comme ces églises, ces chapelles de campagne qu'on trouve au bord des routes.

— Je ne sais pas … «

Et c'était vrai. J'aurais dû tout lui dire. J'étais peut-être plus coupable encore qu'Élisabeth. Mais j'avais essayé, je n'avais pas pu arriver au bout de ma pensée, les mots n'étaient pas sortis. Mais j'avais pu lui demander de faire attention à Élisabeth, je lui avais dit que je la trouvais bizarre. Il n'avait rien compris, il confondait drame intérieur avec crise de croissance. Il aurait dû y penser tout seul. Mais j'avais beau marteler ces pensées dans ma tête, je me sentais toujours coupable. J'aurais dû trouver les mots. Pour lui, et pour elle.

— Depuis quand, Sonia ? Depuis quand le sais-tu ?

— Je n'étais sûre de rien », parvins-je à dire.

Cela parut lui suffire, même s'il devait savoir que je mentais en partie. En fait, c'était maintenant, là, sur ce parking d'hôpital, dans la nuit, que je n'étais plus sûre de quoi que ce fût, et surtout de moi. Tout fuyait autour de moi. Ma vie ne serait plus jamais comme avant, je venais de me brûler les ailes une bonne fois pour toutes. Tout ce que j'aurais dû dire, faire, m'apparaissait avec une horrible clarté. Comme si tous ces actes que je n'avais pas commis s'étaient décantés. Je n'avais pas su aimer. L'amour aide à la perception des êtres, permet même de devancer leurs actions futures. J'avais envie de disparaître. Seul mon père dont les mains tremblaient sur le volant m'empêchait d'être jusqu'au bout la salope imbécile que j'avais été. Il aurait sans doute encore besoin de moi. À moins qu'il ne me haïsse de n'avoir rien su faire.

Il finit par mettre le contact, il prit le temps de regarder autour de lui avant de déboiter et avança lentement vers la sortie. Nous quittâmes enfin ce sale endroit. La banlieue était déserte, sordide. Cela me fit presque peur. Une angoisse nauséeuse gagnait tout mon corps. Il prit la direction de la gare. Il devait encore y avoir des bistrots ouverts. Je n'avais qu'une idée, rentrer chez nous. Mais je me sentais incapable de lui demander de ne pas faire ce qu'il avait en tête. J'étais une chose molle, sans réaction. Il s'arrêta devant un bar quasi désert, m'y poussa. Un serveur fatigué lisait *Paris-Turf.* Nous nous installâmes dans un coin obscur, à côté de plantes vertes en plastique.

— Tu dois penser que je ne devrais pas avoir faim ? Fit-il.

— Non. »

Il commanda une bière et une part de tarte. Je pris un verre de lait. Il mangea sans rien dire, lentement.

— Tu crois qu'elle a voulu se tuer parce qu'elle était dans une impasse ? Me demanda-t-il en commençant sa bière.

— Je crois, oui. Et, Papa, c'est moi qui le lui ai représenté, dis-je timidement.

— Tu pouvais faire autre chose ?

— Oui.

— Moi, je n'en suis pas certain. »

Un homme âgé entra dans le bar. Mon père le suivit des yeux. Un moment passa.

— J'aurais dû prendre conscience de ce qui se passait, reprit-il. Dans ces foutues histoires de drogue, d'alcool, d'addiction, et aussi dans la délinquance, il y a toujours à l'origine un manque, une absence, un geste qu'on n'a pas eu, un contrôle qu'on n'a pas fait. Élisabeth est pourtant ma fille … Je l'ai laissée tomber.

Il souffrait. Je dis que tout n'était peut-être pas aussi simple.

— Si ta mère avait été là, ce ne serait pas arrivé.

— On n'en sait rien.

— Tu le penses vraiment ? »

J'eus un geste évasif. Je préférais ne pas répondre vraiment. Je sentais que si je répondais selon mon cœur, je le briserais encore plus. Ce n'était pas le moment de revisiter les vieilles déchirures.

— J'aurais peut-être dû vous élever autrement. Autrefois, on élevait les enfants dans la fermeté et la discipline. Je croyais que ce n'était pas suffisant pour s'en faire aimer. Je croyais qu'aimer remplaçait toutes les règles de conduite, d'éducation, que quelqu'un qui sent qu'on l'aime ne peut pas se détruire. J'ai sans doute eu tort. Faut-il faire confiance ? »

Je n'ajoutai rien car je ne pouvais décider s'il avait tort ou raison. Et de toute façon, je n'étais pas la mieux placée pour lui répondre, même si cela me concernait aussi.

— Allons-nous en », demandai-je.

Il parut prendre conscience de ma lassitude. Lui aussi devait être crevé, même s'il devait se douter qu'il ne passerait pas une bonne nuit. Il paya. Nous sortîmes. L'air me fit du bien. Nous prîmes la route de la maison, nous y arrivâmes vers minuit. J'étais surprise qu'elle fût encore là. Comme si tout repère familier aurait dû s'abolir de mon nouvel univers. Quand la voiture passa le portail, un corbeau sans doute réveillé en sursaut croassa, plusieurs oiseaux s'envolèrent pour aller se percher plus loin. Ils étaient toujours là, ces fichus oiseaux.

Moins violent qu'à l'hôpital, mon chagrin suivait maintenant une phase plus discrète mais peut-être plus profonde. Une blessure qui avait cessé de s'extérioriser par le saignement. En entrant, je murmurai « Papa ... » et il me prit contre lui un instant. Son visage était plissé. Mais je me trouvais avec lui. À deux, nous avions une chance de nous en sortir. À condition de pouvoir se parler. Je me rendis compte qu'aucun de nous, autant ma mère que mon père ou ma sœur et moi, n'avions jamais su extérioriser nos émotions. Nous ne nous disions jamais rien. Je n'avais pu parler à ma sœur que pour lui faire des reproches, elle n'avait su m'expliquer son mal que lorsqu'il était trop tard, en décrivant une impasse. Aurait-on pu arrêter cette ombre avant qu'elle ne recouvre tout notre domaine ?

J'entendis encore les corbeaux. Ils partaient. Ils avaient fait leur œuvre et allaient porter le malheur vers une autre maison. Je me reprochai ces superstitions, mais cela ne fit qu'ajouter à mon mal-être. L'ombre était restée.

# XIV.

Ce ne fut que trois longs jours après son hospitalisation que nous sûmes que ma sœur était tirée d'affaire.

Mon père était rentré dans ma chambre pour m'annoncer la bonne nouvelle. Il me parut régénéré. Moi, je pensai tout de suite à ce qui attendait Élisabeth, et je n'étais pas vraiment sûre que ce fût pour elle une bonne nouvelle. Même si je n'avais pas été innocente dans sa résolution, elle avait voulu crever, non ? Il aurait sans doute mieux valu que je m'abstinsse de le dire à mon père. Un démon me poussa, après tout, il fallait parler.

— Tu as raison, Sonia.

Il réfléchit quelques instants, puis reprit :

— Il faudra qu'elle puisse compter sur nous. Tu l'aideras de toutes tes forces ?

— Je le veux. »

Oui, je le désirais. Je voulais tout à la fois expier et tirer un trait sur le passé. La guérison d'Élisabeth donnait enfin un but concret à ma vie. Pendant trois jours, j'avais eu honte de mon corps en bonne santé alors que ma sœur croupissait dans son lit d'hôpital. J'avais passé de longs moments auprès d'elle. Elle ne s'en était pas rendu compte, elle était dans un état comateux. Cela me rassurait. J'appréhendais le moment où elle recouvrerait ses facultés. Je savais bien que je ne saurais quoi lui dire, et sans doute elle non plus ne saurait pas.

J'avais été dispensée d'école. Mais le jour où ma sœur alla mieux, mon père m'ordonna d'y retourner. Je craignis les réactions de mes camarades. Mais, pour tout le monde, mon père avait donné une explication simple : Élisabeth avait eu un grave accident. Version officielle bien commode. Seules Madame Méral et, bien sûr, Fabienne, savaient ou se doutaient.

Le week-end suivant, mon père me proposa de passer le dimanche chez les Méral. Nous revenions de l'hôpital lorsqu'il me fit cette proposition. Il me dit qu'il devait aller voir sa sœur. En fait, je crois qu'il voulait fuir toute une journée la région. Il devait vouloir se changer les idées. Parler avec sa seule famille. Cela ne me déplaisait pas. Mais j'étais ennuyée de devoir laisser seule Élisabeth. Il n'était pas question d'y mener Vanessa, tant était grand son délabrement. Je revenais émotionnée de mes visites. Sa maigreur, sa voix chuintante m'obsédaient de longs instants.

— Fabienne s'est engagée à aller la voir, elle restera avec elle toute la journée. Ta sœur m'a dit qu'elle pourrait se passer de nous. »

Je lui fis répéter qu'Élisabeth était vraiment d'accord. Cela libéra ma conscience et j'acceptai ce projet. Mon père partir tôt le matin. Sur le coup de onze heures, je partis à mon tour. La matinée était belle et fraîche. Ma petite amie m'attendait assise à une table de jardin. Elle tenait à la main un stylo. Sur la table, il y avait des cahiers et une tablette qui diffusait de la musique en sourdine. Je marchai jusqu'à elle, posai mon sac sur une chaise. Sa mère me fit signe d'une fenêtre. Je me sentis superbement bien ; j'avais l'impression de sortir d'une forêt étouffante. Même le livreur de pizzas qui arrivait sur son vélomoteur bruyant me parut sympathique, j'avais envie de saluer les pigeons qui roucoulaient dans les branches et de faire un pied de nez aux corbeaux qui passaient de temps en temps. Des enfantillages qui me détendaient.

Après le déjeuner, Madame Méral nous laissa pour aller retrouver des amis. Vanessa et moi prîmes possession du jardin.

— À la télé, y'a que des conneries », avait-elle tranché. Moi, j'approuvais. Il faisait trop beau pour rester à l'intérieur de la maison. J'avais envie de profiter de ces calmes instants. Nous nous installâmes sur des chaises longues. Nous restâmes longtemps sans parler. Ce n'était pas le genre de Vanessa, mais elle devinait certainement que j'avais besoin de tranquillité. Le soleil finit par me faire plus ou moins somnoler. La petite, elle, s'était vraiment endormie. Je sortis de ma torpeur en regardant ses yeux clos. Elle était vraiment jolie. Un instant, je me dis que j'aurais aimé qu'elle fût ma sœur à la place de *l'autre* et de son cortège d'emmerdements, puis me secouai en me disant que j'étais encore une fois à côté de la plaque, le sentiment n'était pas le même. Je me levai sans bruit, effleurai ses yeux clos d'un baiser et allai boire un verre d'eau à la cuisine. La pizza de midi m'avait laissé un goût d'oignon dans la bouche. J'avais chaud, aussi. Je bus deux grands verres, avec des glaçons dénichés dans le congélateur. Puis je retournai dehors.

Vanessa s'étirait comme un chat qui change de position avant de se rendormir. Ses bras et ses jambes étaient un peu rosés par le soleil. Je le lui dis.

— Toi aussi, tu vas attraper un coup de soleil, me répondit-elle.

— C'est vrai, dis-je en regardant mes genoux et mes mollets.

— On va à l'ombre ? »

Nous déménageâmes les transats sous un cèdre du Liban plus que centenaire. Je me demandais toujours comment il avait atterri là. Sous les ramures, il faisait délicieusement frais.

— Tu as soif ? Lui demandai-je.

— Ça va. Pour l'instant. »

Elle s'éclaircit la gorge. Elle devait avoir quelque chose à me demander. J'eus peur que cela ne concernât Élisabeth. Mais non.

— Si je partais d'ici, tu m'écrirais ? Je me suis ouvert une boite mail.

— Très souvent, répondis-je.

Je ne voyais pas où elle voulait en venir, ce qu'elle avait derrière la tête. Puis je sentis le sang battre dans mes tempes, ce fut comme si une ombre nous survolait.

— Tu ne vas pas me lâcher ?

— Jamais, Sonia. Mais … »

Il y avait un *mais*. Il me fit peur, ce *mais*. Le silence grandit entre nous. J'attendis qu'elle se jette à l'eau. Elle le fit au moment même où je m'apprêtais à prendre les devants.

— Ce n'est qu'un projet, mais Maman parle d'un poste plus intéressant en Bretagne. Sa boite lui a proposé une mutation. C'est mieux payé.

— *Comment ?*

— Ce n'est qu'un projet, répéta-t-elle.

— Et vous partiriez là-bas ?

— Oui. On garderait la maison pour les vacances, ou on en rachèterait une plus petite ici même, mais on irait habiter à Brest. »

Je ressentis une fugitive poussée de dégoût envers la vie. Après Élisabeth, Vanessa – même si ce n'était pas vraiment pareil. Des départs. Cela me fit sourire jaune, tous ces gens qui me quittaient. J'allais devenir une étrangère.

— Tu ne veux plus me parler ? » Fit-elle.

Elle s'était tournée vers moi. Elle vint s'accroupir aux pieds de ma chaise-longue dans un geste charmant de naturel et de vivacité. Elle aussi était troublée de devoir larguer ce qui avait été une partie de sa vie. Elle regardait mes mains, posées à plat sur mon ventre. J'essayai d'imaginer ma vie sans sa présence simple, revigorante. Je n'y arrivais tout simplement pas. Je m'aperçus qu'elle avait les yeux embués. Une voiture passa sur la route, longeant la haie. Elle se leva et me tapota une cheville avec son pied nu.

— Si jamais ça se fait, ce n'est pas pour tout de suite, dit-elle lentement.

— Non, bien sûr … »

Elle me mentait. À coup presque sûr. Tout devait être décidé. Et je comprenais la raison de cette invitation. On n'avait pas voulu me distraire mais m'informer.

— Sonia, n'y pensons plus pour le moment.

Facile à dire. Mais elle devait avoir raison.

— Je vais aller boire », me dit-elle.

Nous trouvâmes des sodas. Nous bûmes au frais, dans le salon. Les stores atténuaient la lumière du soleil. Trois ans, me dis-je, cela aura duré trois ans. Et alors que je comprenais ce que j'éprouvais pour Vanessa, alors que peut-être elle aussi le comprenait, peut-être même le désirait-elle … Je devais avoir une mine de linge pas lavé. Vanessa alla mettre les verres dans le lave-vaisselle. Je ne l'accompagnai pas. Je repensais à tout ce que nous avions fait toutes deux. Grimper aux arbres, pêcher dans le ruisseau sans jamais ferrer grand-chose, entamer d'interminables conversations sur tout et rien, jouer aux échecs, sans jamais parvenir à terminer nos parties, et tant d'autres bricoles insignifiantes qui prenaient aujourd'hui à mes yeux dessillés une importance particulière … aussi nettes qu'une note de musique qui reviendrait après de longs méandres, de longs échos, vous frapper au cœur.

Vanessa revint. Je la sentis fatiguée comme si elle avait la gueule de bois, ce qui n'est guère possible avec du soda. La chaleur. Elle me donna une petite gifle sur la joue, avec deux doigts. La conne, pensai-je. Le temps d'un éclair. Ou plutôt, je m'en voulus de ne pas avoir eu un geste semblable. Rien ne désarme, dit-on, comme une goutte de tendresse. Oh, oui … Elle en était capable … et moi non, sans doute … incapable d'avoir un geste … Je m'approchai et l'embrassai dans la nuque, elle eut un bref rire chatouillé.

— Tu resteras dîner avec nous ? Me demanda-t-elle.

— Je ne peux pas. Mon père voudra me trouver à la maison.

— Zut, pas de chance.

— Quand ta mère revient-elle ?

— Bientôt. Il va être six heures, d'après la pendule de la cuisine.

— Je vais l'attendre, et puis je rentrerai, dis-je.

— Déjà ?

— Il faudra bien ».

Madame Méral revint peu après. Je la soupçonnai de s'être fait baiser, elle avait des cernes sous les yeux. Sa mutation, je devinai qu'il y avait une raison personnelle … Je ne lui en voulus pas, au moins elle était gaie, pas comme mon père, la solitude ne devait rien lui valoir. Mais je n'avais pas de commentaire à faire, je n'étais rien, j'étais nulle … Vanessa m'accompagna jusqu'à la maison. Nous nous tenions la main comme deux écolières apeurées sous un préau, après une averse. Et il me semblait que cette main que je tenais était froide, de plus en plus froide à mesure que nous approchions de chez moi.

Je poussai Vanessa à l'intérieur de la maison, mais elle ne resta pas longtemps. On aurait dit que je lui faisais peur. Mais elle me laissa l'embrasser, et même y répondit. Ce fut trop bref. Lorsque nous nous quittâmes, je vis le temps d'un instant une impression de résignation se peindre sur ses pommettes saillantes. Cela ne lui ressemblait pas.

J'allai enfiler une robe d'été. Je suais. Foutu soleil. Le placard où je rangeais mes effets était frais, il y avait une vague odeur de lavande.

Changée, je refermai le placard et retournai au rez-de chaussée. Je ne savais pas vraiment quoi faire de moi. Pour le dîner, ou ouvrirait des conserves. Si on avait faim. Il faisait trop chaud pour arroser le jardin. Je me rendis compte que j'écoutais le ronronnement du réfrigérateur et que j'avais la cervelle vide. J'aurais voulu réfléchir. Je voyais l'herbe griller par la fenêtre de la cuisine. *Une journée magnifique, n'est-ce pas ?* Pensai-je en imitant le présentateur de la météo. Je ne savais pas quand mon père allait revenir. De fait, j'étais suspendue à son retour. Non pas qu'il me manquât vraiment, mais j'éprouvais un intense sentiment d'isolement. Je me sentais mal à l'aise. J'avais envie d'aller casser cette merde de pot à moutarde qui gisait dans l'évier, de le projeter contre un mur, de le casser sur la tête de quelqu'un. Tuer, défigurer … même si meurtrir un être était une chose dont je n'éprouvais pas le désir conscient. Je disais souvent « je veux *le* ou *la* tuer ». Paroles. Les fusils de mon père, qui pendaient dans leur râtelier dans l'entrée me fichaient la trouille. Peut-être parce qu'un jour, je serais capable de m'en servir … Oui, tirer, tirer sur ces merdes de corbeaux, tiens, sur tous ces oiseaux en qui j'avais cru et qui ne savaient rien, pour ne pas tirer sur des gens … et encore, savais-je si … Je fis un effort pour me ressaisir. J'allai vers l'évier. J'ouvris le robinet d'eau froide, à fond. Je m'aspergeai le visage, les épaules, les seins, les bras. L'eau macula ma robe, des gouttes glissèrent sur mes jambes. Cela allait vite sécher.

J'entendis la voiture s'arrêter, la grille être poussée. Comme si on m'avait mis un flacon d'ammoniaque sous le nez, je fus aussitôt en alerte. Ce ne pouvait pas être mon père, il n'aurait pas garé sa voiture le long de la route. Fabienne ? Non, c'était une autre présence, une présence différente, trouble, nocturne. J'entendais marcher sur le sable, j'essayais d'imaginer de qui il pouvait s'agir, et décidai que ce devait être quelqu'un qui m'était hostile. Sûr. Je m'approchai de la fenêtre, en essayant de me dissimuler. Je m'entendais inspirer puis expirer. Je vis Julien avancer vers la maison en jetant des regards à droite, à gauche. Je me demandai s'il pouvait être dangereux. Il paraissait tout courbaturé, comme s'il avait fait un effort, porté des paquets lourds, déménagé des meubles. Je serrai un torchon entre mes doigts. Ce faisant, je songeai à Élisabeth, à sa chambre qu'elle ne reverrait pas de sitôt. Mais j'étais heureuse qu'elle fût à l'hôpital, à l'abri, qu'elle ne puisse pas le voir, qu'elle ignore son intrusion.

Il se tenait maintenant devant la porte. Mauvais présage. J'étais persuadée que comme la première fois il savait que j'étais là. Je n'avais pas envie de lui donner la satisfaction de me faire peur. S'il me menaçait, je crierais, je courrais, je n'étais pas seule sur une île, il y avait des gens dans les maisons à côté. Il semblait hésiter à sonner, comme s'il ne savait pas vraiment ce qu'il était venu foutre chez nous. Il était peut-être ivre, ou drogué ? Je le vis se reculer, il se tenait sans vaciller. Déjà ça. Il demeura rigoureusement immobile. Un peu de vent, qui s'était levé à l'approche du soir, ébouriffait ses cheveux. Je distinguais ses traits figés.

Ce fut moi qui bougeai la première. J'allai à la porte. J'ouvris. Après un rapide regard vers les fusils endormis, il se retourna, cette ordure, soutint mon regard. Pas même gêné. Il portait des bottes de cow-boy à bout pointu et un jean qui sentait la teinturerie. Il y avait en lui quelque chose de reptilien, de hideux, comme s'il ne pouvait détourner ses pensées de choses sales. Je fis un effort pour m'approcher. En fait, j'ignorais pourquoi j'agissais ainsi, j'aurais pu me cacher, le fuir. Mais il y avait quelque chose que je devais savoir, pour qu'il vienne ainsi.

— Qu'est-ce que vous fichez là ? Dis-je.

Je sentis ses yeux m'ausculter avant qu'il ne réponde.

— C'est toi que je voulais voir.

— Vous pensez arriver à me mettre dans le même était qu'Élisabeth ?

*Mords, Sonia, mords.*

— Je t'ai déjà dit que tu te trompais à mon sujet. Je suis ici pour clarifier la situation.

— Vous causez bien. Mais foutez le camp, articulai-je.

— Tu vas m'écouter. Après, tu verras. »

Il avait dit cela très tranquillement. Mais il se rapprocha de moi et ses mains se fermèrent sur mes épaules avec une force incroyable. J'étais prisonnière de cet étau. Il me poussa vers un fauteuil, m'y assit, s'assit également. La maison renvoya l'écho mat et bref de mon cri, mais je ne bougeai pas. Je ressentis un grand froid, un de ces froids qui, tapis dans une pièce, vous sautent à la figure lorsque vous entrebâillez une porte, ces froids rances qui sont l'image enténébrée du cauchemar. Le pire était que je ne pouvais même pas tenter de me soustraire à cet affrontement. J'étais annihilée, quelque fluide invisible tétanisait mon esprit. Alors, curieusement, de l'homme qui m'asservissait sortit la même voix que celle que je lui avais connue lors de notre première rencontre. Une voix humble, presque tendre.

— Tu t'es gourée de A jusqu'à Z, ma pauvre Sonia. Écoute-moi. J'ai connu ta sœur au club hippique, j'étais venu soigner un cheval accidenté, elle m'a aidé. Je suis vétérinaire – tu ne t'en doutais pas –, pas médecin, mais je sais quand même voir quand une personne marche à côté de ses pompes. Je me suis d'abord inquiété pour cette curieuse Élisabeth que je trouvais à mon goût, c'est vrai. Puis je l'ai aimée, c'est vrai aussi, et j'ai tenté de l'en sortir, un peu contre elle, un peu avec elle. Avec moi, elle était en confiance. »

Je me levai du fauteuil, m'éloignai, restai debout en m'appuyant au rebord de la fenêtre. Il resta assis.

— Tu ne me crois toujours pas ?

Je ne savais pas. C'était trop inattendu, trop théâtral.

— J'aurais voulu t'expliquer ça bien avant, reprit-il. Mais tu t'es toujours dérobée, tu m'accusais sans preuves. Pour toi, j'étais le bouc émissaire idéal, tu pouvais mettre un visage sur le fléau qui ravageait ta sœur. C'était facile, tu ne crois pas ? »

Mes doigts de pied se crispaient dans mes sandales. Il avait dit tout cela sans me regarder, le visage levé vers le plafond. Il resta comme cela un moment. Je ne savais quoi dire, j'étais d'autant plus embarrassée que je commençai à le croire.

— Mais comment en est-elle arrivée là, si ce n'est pas vous qui …

— Tu n'as jamais soupçonné la fragilité d'Élisabeth ? Me répondit-il. J'ai compris quand j'ai rencontré son amie Fabienne. Oh, elle est très discrète, mais elle m'a fait confiance et m'a dit qu'il fallait que nous soyons tous unis pour l'aider. Ta sœur a besoin des autres. »

Oui, je commençais à comprendre. Oui, je savais Élisabeth fragile, mais c'était ma sœur aînée, il y a toujours un sentiment de hiérarchie qui fait que l'on se croit plus fragile parce qu'on est plus jeune. Et mon égoïsme avait bien vite enfermé cette inquiétude au sujet de ma sœur dans le coffre-fort que j'avais au fond du cerveau.

Il poursuivit en m'expliquant certains faits. Cela sonnait juste. Une brise légère apportait des sons de moteurs et d'animaux. Je trouvai réconfortant d'entendre que la vie se poursuivait alors que je commençais à entrevoir la part d'inconscience qui avait été la mienne. Je fixai ce visage que trois ou quatre minutes auparavant je ne voulais même pas approcher. Le regard de Julien était compréhensif. Il semblait deviner ce qui m'agitait, voir en moi grandir ce torve malaise qui bourgeonnait comme une épidémie. C'était un peu terrifiant. L'ami de ma sœur se leva.

— Calme-toi, petite. Si ma présence doit te troubler à ce point, je vais partir.

*Non, non, ne me laissez pas seule, je ne sais plus où aller.*

— Non, Julien … Merci. Et pardonnez-moi », fis-je en tremblotant.

— De rien. Tu n'aurais rien pu faire, mais tu aurais pu moins te tourmenter. Ou plutôt ne t'occuper que de ta sœur. Mais, tu sais, on l'en sortira. Les médecins du service où elle est sont très bons, cela sera long, c'est tout. Aie confiance, elle renaît, il faut l'aider à revivre. »

Il paraissait soulagé. Je venais de lui offrir un peu de mon amitié. Mais j'avais mal partout. J'entendis sa voiture démarrer. Je poussai un profond soupir qui se brisa sur un sanglot. Je crachai un glaviot. J'étouffais, je me sentais faible et écrasée. Je me traînai dans le couloir. Mon aveuglement m'étranglait encore mieux que la corde du gibet, mais me laissait face à moi-même, chose corporelle qui s'offrait encore d'une façon immonde à la vie. Il me vint l'idée de courir dans la campagne, vers la ferme abandonnée, de rejoindre les oiseaux pour qu'ils me pardonnent les pensées que j'avais eues … Ce n'était que des oiseaux, pas des guides de vie ! Je voulais gagner la ferme, grimper dans ses combles et enjamber l'appui de la lucarne. Je fermai les yeux. J'aurais voulu être morte et je venais seulement de le découvrir. J'avais vu le monde à travers un prisme, j'avais tourné le dos à l'essentiel, j'étais inutile, vaine.

Je montai l'escalier et entrai dans la salle de bains. Je restai un bon moment à le regarder dans la glace qui me reflétait toute entière. J'arrangeai vaguement mes cheveux, pour me donner l'illusion que j'étais venue devant ce foutu miroir avec un motif valable. Je ressortis, fermai le col de ma chemise. Il me serrait un peu. J'allai dans le salon, m'étalai sur un fauteuil.

Mon père téléphona pour me dire qu'il serait un peu en retard : il voulait passer voir Élisabeth un bref instant avant de rentrer. À sa voix, je me dis que lui aussi culpabilisait de n'avoir rien compris. Mais cela, il me l'avait déjà dit.

J'aurais dû aller grignoter quelque chose, mais je n'avais pas faim. Je me sentais trop faible pour manger. J'avais l'impression qu'on m'avait battue comme plâtre. Et, moralement, je me sentais incapable de faire autre chose que de me laisser aller aux sentiments qui m'agitaient : dégoût, honte, inquiétude.

J'allumai la télévision, mais rien ne pouvait attirer mon attention, encore moins me réconforter. Je demeurai donc dans le silence, mais mon cerveau était plein de bruit et de fureur. J'arpentai la pièce en tous sens, attendant le moment où je m'écroulerai sur le tapis. Plus je piétinais ainsi sans but, plus j'entrais dans la partie obscure de moi-même, un monde négatif et noir. Un moment, je m'arrêtai devant le meuble qui supportait la télévision. Derrière les deux portes rustiques, il y avait un bar. Je découvris une bouteille de whisky. Bon Dieu, que c'était bon. Je n'eus pas l'impression de me libérer d'un poids, mais la sensation de faire un premier pas.

Le corbeau frappa à la vitre. Il me regardait de son œil rond. Un autre se posa à côté de lui. Je me précipitai, ouvris la fenêtre, ils s'envolèrent, se perchèrent plus loin, me regardant toujours. Puis ils allèrent se poster sur le muret en regardant la route.

Je devais attendre mon père. Je sentis une boule de chaleur dans mon ventre, qui descendit entre mes jambes, en même temps qu'apparaissait dans ma pensée le visage de Vanessa. Je pleurais. Les corbeaux s'envolèrent, laissant place à un essaim de moineaux qui prirent possession du muret.

# TABLE

*Autres Ouvrages de Micheline Cumant :*

**- *Monsieur Barbotin, Maître en Musique – Ou les tribulations d'un génie méconnu.***
Sous le règle de Louis XV, naît un garçon nommé Barbotin, enfant gâté par ses parents et qui rêve de gloire : musique, théâtre, opéra, rien ne résiste à sa veine créatrice ... sauf les musiciens et le public ! Se prenant pour un génie méconnu, il parvient à la célébrité ... comme dindon de la farce ! Ses prétentions le font choisir comme cible de plaisanteries, et aussi de mises en scènes, d'un groupe de pseudos-amis qui ne reculent devant rien pour se distraire aux dépens du malheureux musicien.
168 pages, BoD, Décembre 2012.

**- *Le Réveillon de Socrate.***
Dans un petit immeuble parisien vivent des professeurs, un écrivain, un homme d'affaires, un étudiant, une retraitée, un officier de police, des commerçants et la gardienne qui connait tout le monde et voit tout.
Mais, un beau jour, un crime est commis dans la maison. Et il y a Socrate, le chat de la narratrice, qui a tout entendu ... C'est évident, les chats savent toujours tout !
148 pages, BoD, avril 2013.

**- *Le Prince et ses Bouffons.***
David est professeur de piano. Il a la vie de tout le monde, les soucis de tout un chacun, avec un petit plus : la musique. Un jour, il rencontre un Prince qui lui fait entrevoir une autre dimension de son art, de sa vie et même de lui-même. Il fait connaissance de toute une galerie de personnages qui vivent et pensent autrement, gardant soigneusement au-dehors les contingences sociales et les bouleversements politiques, ou alors les traitant avec humour. Au centre de ce cénacle, il y a le Prince russe, étalant sa foi, sa richesse, son amour pour l'art et distribuant son amitié comme ses chèques à qui montre qu'il a quelque chose en lui ... Mais peut-on jouer du Liszt, a-t-on le droit de montrer sa foi en l'art entre deux courriers

administratifs et au milieu de circonstances dramatiques ? Et l'amitié peut-elle rester intacte malgré tout …
308 pages, BoD, Octobre 2013

*- Je m'ennuie…*

S'ennuyer … concerne tout le monde et toutes les époques ! Que l'on soit une artiste peintre, une comptable, un chevalier du Moyen-âge, la Comtesse du Barry, une vache, un soldat en 1940 ou la Tour Eiffel, nous sommes tous confrontés à ce vilain parasite que constitue l'ennui. Cette série de nouvelle décrit des personnages qui ont tous en commun de s'ennuyer dans une vie monotone et grise et que cet ennui pousse à agir d'une façon … logique ou non, selon les circonstances personnelles et historiques. Même les vaches et les pianos peuvent le dire !
142 pages, BoD, Novembre 2015.

## *- Musicien et professeur de musique au XVIIIe siècle : La pédagogie musicale en France au 18ème siècle et son application dans les ouvrages théoriques pour instrument à archet.*

Comment apprenait-on la musique autrefois ? Avec des coups de règle sur les doigts ? Ou bien cherchait-on à développer l'oreille, le sens musical et la culture ? Y avait-il des ouvrages comparables à nos "Méthodes" actuelles ? De plus, on ne joue pas Vivaldi ou Bach comme Chopin ou Brahms ! L'interprétation des musiques de l'époque baroque obéit à certains critères, le principal étant la liberté laissée à l'interprète d'orner la ligne mélodique à son goût. N'oublions pas que "le baroque a horreur du vide", il en est en musique comme en architecture. Mais cette ornementation obéit à certaines règles qui s'apprennent, et les ouvrages décrits ici en font mention.

Outre une description des ouvrages pédagogique de l'époque, l'ouvrage traite du statut des musiciens et de la façon dont on considérait le pédagogue. N'oublions pas que le 18ème siècle est celui de l'Encyclopédie de Diderot et D'Alembert et de l'Emile de Rousseau : la pédagogie, l'apprentissage, la diffusion du savoir deviennent des notions importantes. On ne parle pas encore de "publicité", mais elle est en germe durant le siècle des Lumières.

80 pages A4, BoD, Novembre 2013.

## - *La Musique Classique : Petit Guide des Compositeurs.*

Ce petit ouvrage s'adresse à tous ceux que rebutent un gros dictionnaire ou une histoire de la musique en plusieurs volumes. Il ne prétend pas à être exhaustif, n'y figurent que les compositeurs les plus connus de la musique dite « classique », à propos desquels il donne des renseignements succincts. Ceux-ci y sont classés par époque, respectant les grandes divisions stylistiques de l'histoire de la musique. Le lecteur a ainsi à portée de main un aide-mémoire qui lui permet de situer un compositeur dans son époque et son style musical.

42 pages, Amazon Create Space, Avril 2015.

Existe en langue anglaise.

## - *La Musique du Rite Syriaque: Histoire de l'Eglise Syriaque et de sa musique - Analyse Musicale.*

Les Eglises chrétiennes d'Orient sont les gardiennes d'une tradition remontant aux premiers temps du christianisme. Les événements actuels menacent de faire disparaître ces traditions liturgiques. Il est important de fixer ces types de musiques, afin qu'ils ne sombrent pas dans l'oubli : en effet elles se sont transmises jusqu'à une époque récente par tradition orale, et furent notées par des chercheurs à une époque récente. Cet ouvrage veut être une introduction rapide à la tradition musicale du rite syriaque, qui a perduré en Syrie, au Liban, en Irak notamment.

42 pages, Amazon Create Space, août 2015.

Tous les ouvrages existent en version livre papier et en ebook.